栗津則雄講演集

ことばと精神

栗津則雄

未來社

ことばと精神——粟津則雄講演集

目次

装幀——菊地信義

ことばと精神

——粟津則雄講演集

正岡子規——子規句集をめぐって

私が初めて正岡子規という名前を知ったのは、小学生のとき、教科書で、あの有名な「柿くへば鐘が鳴るなり法隆寺」という句を詠んだときだったと思います。「ああ面白い俳句だな」と感心したものですから、子規という名前も記憶に残りました。もちろん、まだ小学生ですからね。句の出来についてどうこう言えるような年齢じゃない。今のように観光客でごったがえしていない、しんと静まった法隆寺の外れでのんびり柿など喰っている姿を思い浮かべて楽しんでいただけですけどね。私は、小学校は京都で、法隆寺にもすでに何度か出かけていましたから、いっそうこの句に対する親しみが湧いたということもあるかもしれません。

その後、たしか中学の二年か三年の頃だったと思いますが、夏休みに伯父の家に遊びにいったとき、書斎に、アルス版の子規全集があるのを見つけました。あの法隆寺の句のせいで子規という名前にある親しみを感じていたものですから、好奇心にかられて、何となく一冊取り出して読み始めたんですが、これが面白いんですね。私が取りだしたのは、『病床六尺』とか『墨汁一滴』

とか『仰臥漫録』とかいった晩年の散文だったんですが、この巻から始めたことがたいへん幸運だったんじゃないかと思います。これが俳句の巻だったら、途中で放り出してしまって、そのままになったでしょうね。あの年齢では、彼の俳句の魅力にのめり込むことは難しかっただろうと思います。もちろん散文でも、彼の議論や彼がふれているさまざまな事実に関していろいろわかりにくいところはありました。だけど、そういったことを超えて彼の散文には惹きつけられました。そこには、この子規という人物の、ある明るさがしみとおった、実に生き生きとした肉声が響いていて、それに心をさらしているのが楽しいのですよ。他の巻の散文も次々と読んで、結局、かなりの巻を読んでしまいました。

これがきっかけだったのですが、その後も、子規の散文に対する興味はずっと続きましてね。その後も、折に触れて取り出して読みました。すると、必ず気持が生き生きとしてくるんですよ。もちろん、知的好奇心を刺激されるということもありますけれども、それ以前に、彼の文章に身を委ねていると、それまで、あれこれ鬱屈することがあっても、そういう鬱屈が、ごく自然に消えてしまう。そして私のなかに、ある生き生きとした生命が流れ始めるんです。これが実に魅力的でね、少しだけ読もうと思って読み始めたのに、ついつい数十頁読んでしまい、結局一冊すべて読んでしまう。すでに何度も読んだことのある文章でもそうなんですよ。こういうことがしばしばありました。そういう体験を重ねてゆくうちに、子規の文章は、その無類の感触とともに、ますます深く私のなかに入り込んできたようです。

そういうわけで子規に対する私の関心は、彼の散文との結びつきで始まったのですが、次いで、彼の短歌が、私の関心に入ってきました。これは、俳句とくらべて短歌はずっと数が少くてその特質を見定めやすかったということもあるでしょうが、もちろん、そんなことだけじゃない。何よりもまず、有名な「藤の花」の連作をはじめとして、その短歌作品が、私の意識や感性に生き生きと相応じたせいでしょうね。彼の歌を読んでいると、ある孤立した世界に閉じこめられるんじゃなくて、その歌とともに、何かに向かって解き放たれてゆくような気がしました。そういう点では、散文の場合と相通じるところがあるのかもしれませんね。それに、『歌よみに与ふる書』その他の歌論もまことに刺激的でした。

彼の俳句に興味を持つようになったのは、そのあと、それもかなりあとになってからですね。もちろん、面白いと思った句はいくらもありました。だけど、なかなか、それが彼の句作全体への興味ということにはならなかったのですよ。それには、先ほども申しあげたように、彼の句があまりにも膨大で容易にその特質が見定められなかったということがありますが、それればかりじゃない。みな読んでみようと思って読み始めてみても、いい句のあとに、なんとも平凡な句がだらだらと並んでいて、興味をそがれることおびただしい。短歌の場合はそういうことはないんですけどね。

だけど、だからといって遠ざかってしまうことをためらわせるような不思議な魅力が彼の句作にはあって、それが、時とともに、じんわりと私を包み始めました。その魅力は、いくつかの句を詠むだけではなかなか感じ取れないんだけれども、句作全体に身をさらし続けていると、だんだんはっきりしてくるんですね。それは、彼が、時代の全体に実に生き生きとした好奇心をもって向かい合っていて、彼の句作はそのあらわれだということなんですよ。そして、それが明治という時代であったことも、大いにかかわりがあるように思われます。あれは実に独特の時代でした。とりわけ明治の三〇年代まではね。その時代の流れは、さまざまな矛盾をはらみ、それが無数の渦を作り出していた。表面のあたたかい流れの底に冷たい逆流があり、逆巻のような流れのかたわらに奇妙なよどみがあった。そういう複雑で多彩な、しかも沸き立つような勢いを持った、そういう時代だったんですよ、あの時代は。子規の句は、そういう時代の姿に全体的に密着するところから生まれているんです。先ほど、彼の句には面白くない作も多いと言いましたけれども、巧みに巧んでいい句を作ろうなどという欲求は——もちろんなかったわけではないでしょうが——すべてに優先するものではなかったんでしょうね。そういうことよりも、日常から観念まで、風景から人事まで、あるいは写実から幻想まで、その他ひしめき合うようにして彼に迫ってくるありとあらゆるものに俳句というかたちで応えることが必要だったんだろうと思うんです。その結果、単に日常的な感想にすぎないような句や、風景の切れっぱしを芸もなく写しとっただけのような句が出来ても、それはそれで一向にかまわない。誰もが名句と認めるようなおそろしく切れ味のいい句が出来ても、それはそれでかまわない。これは、彼の句が、日記の積み重ねのようなかたちで自然発生的に生まれたということでもないんです。そこには彼なりのさまざまな工夫があったでしょう。ただ彼の場合、工夫をこらしてひとつの作品としての俳句を作りあげることだけが目的にはならない。その一方で常に、あの時代の感触に全身をさらし続けているんです。このことが、子規の俳句の魅力の根源にあると思いますね。

子規の生い立ち

子規は、慶応三年、西暦では一八六七年の九月二十七日に松山に生まれました。これは旧暦で、新暦では十月十四日に当ります。お父さんは、松山藩の下級武士で、正岡隼太常尚という人でしたが、子規がごくおさない頃に亡くなっていますから、子規の生い立ちに直接影響を及ぼすことはなかったでしょう。あったとしても、不在による影響くらいです。ですから彼はお母さんひとりに育てられたのですが、これはたいへん気丈な方だったようですね。実際、そうでなければ、彼が亡くなるまで、彼を支え切ることは出来なかったでしょう。彼女のお父さんは、大原観山という、藩を代表する儒家、儒学の先生でした。これは人格学識共にすぐれたたいへん立派な人物で藩内の尊敬を集めていましたが、この人が、子規の精神の形成に決定的な影響を及ぼしたようです。彼はこのお祖父さんから漢詩文を学びましたが、きわめて物覚えがよくて、お祖父さんは、「升は」――升というのは子規の幼名ですが――「升は何を教えてもすぐ覚え込むから教えるのが楽しい」と言っていたそうです、こんなふうに、子規はおさない頃から、お祖父さんによって、お祖父さんが病床についてからはその知り合いの儒学者や漢学者によって、漢詩文の教養をたたき込まれた。単に読むだけじゃなくて、実際に漢詩を作って直してもらうということまでするんですよ。このことから、漢詩文は、単に武家の子弟の一般的な教養といったものに留らぬものになるんですね。それは、彼の思考や感性を、彼の言語感覚そのものまでも磨きあげることになるんです。しかも、教えてくれたのが、観山その他、彼が敬愛する人びとだったからなおさらのことです。

私は、漢詩文とのこのようなかかわりが、子規のきわめて深いところまで浸透しているように思います。漢詩文の堅固な形式や鋭く凝縮された表現は、彼にとって文体の鑑であり続けたでしょう。だらだらと引き延ばしたような表現は彼の好みに合わない。だけど、これは、時代の流れに逆らうことでもあるんですよ。時代は、口語体小説や口語自由詩の方に向かっているんですからね。それに、そういう流れに逆らって、漢詩文や漢詩文的文体に執着し続けることは、時代から孤立した、生命のない抽象的な形のなかに自分を閉じこめてしまうことになりかねないんです。その点、俳句は、ごく短い、凝縮された形式ですけれども、生活に開かれていますからね。時代に対する子規のあの生き生きとした好奇心と結びつけることが出来るのですよ。もっとも、子規と俳句との結びつきには、松山の土地柄もありました。松山藩では、お殿様も家老も、俳句をたしなんでいましたし、藩士にも俳句を好む者が多かった。一般の人びとのなかにも、俳句がごく日常的な教養や楽しみとしてひろがっていたようですね。観山のような人がお祖父さんだったから子規が少年の頃から俳句を作るなどということはなかったかもしれませんが、このような土地柄は、たぶん子規の生活感のなかにしみとおっていたでしょうね。それに、漢詩を作ることと俳句を作ることは必ずしも両立しがたいことじゃない。漢詩文によって精神を染め上げられる一方で、俳句によって日常とかかわるということは充分可能なのです。それに、俳句は、その簡潔な形式という点で、子規の好みに合っているんです。

だけど、子規は、漢詩文から一直線に俳句に進んだわけじゃない。松山中学に進んだ子規は、政治に強くとらえられています。子規の生まれたのは慶応三年で、翌年明治に改元されていますから、彼はほとんど明治という時代とともに生き始めたわけですが、この明治初年は、江戸幕府が作りあげた政治的社会的制度が急速に崩れ去る激しい変動の時代でした。そのことはおさない子規を激しく揺り動かさざるをえない。そのことの現われとして、彼は「政談」つまり政治演説に熱中するんです。ある演説で、彼は「国会」、議会を論じています。明治十四年には、明治二十三年に国会を招集するという詔勅が出され、論議の的になっていましたから、そういう子規の行為自体は別に特別のことではない。ただ、子規はこの演説で、それを単純に論じているわけじゃないんです。当時は、国会招集を時期尚早とする勢力が刻々にその力を増していたのですが、子規の演説はそういう勢力に対する、おさないながら精いっぱいの批判でした。その演説で面白いのは、彼が、「国会」ということばを使わず、それに「黒い塊」という文字を当て、それを

「コッカイ」と読ませていることです。空の星たちが、「天帝」つまり天のみかどに向かって、「天帝ョ天帝ョ決シテ黒塊ヲ――つまりその黒い塊を――出ス勿レ」と願うのです。つまり、直接、「国会」、議会ということばを出すことをためらわざるえないところがあったんですね。もっともそんなことはすぐバレて、演説のあとで呼びつけられて、きびしく注意されたようですが。

というわけで、彼は一種の政治少年でした。明治十六年に上京して、加藤拓川という母方の叔父さんを訪ねたとき、「汝ハ朝に在りては太政大臣となり野に在りては国会議長となるや」ときかれて「半ば苦笑いしながら半ばまじめに『然り』と答へたり」と、彼は回顧していますが、そのことからもそれはわかります。ただ彼は、そんなふうに答える一方で、そのとき拓川からきかされた哲学の話に夢中になっていて、これは面白いですね。哲学と言っても「本質」と「外見」との関係についてのごく初歩的な話なんですけれども、それに強く心を動かされる。ただ興味を覚えたという程度のことじゃないんですよ。やがて「哲学を目的とし誰がすすめても変ずまじ」と思いこむに到っているんです。これは別に矛盾することじゃありません。まだ十七、八の年頃ですからね、政治に夢を抱く一方で哲学に夢中になっても一向にかまわない。ただ彼は、両者をあいまいに中途半端に共存させているわけじゃないんです。政治家としては総理大臣か議長を目指すと言い、哲学をやるという決意はけっして変わらないと言うんですが、これは両方とも本気なんです。両方とも本気な二つの思考を共存させているということが、実はいかにも子規らしいのですよ。

しかし、政治の夢も哲学志向も急速に薄れたようです。これはひとつには、松山藩は幕府の親藩でしたから、政治の世界へ入っても、薩長出身の人びとのような栄達は望めないことが、よくわかったせいでしょうね。一方、哲学は、松山ではあまり接することのなかった西洋の思想というものの新鮮な魅力を彼に感じさせたんでしょうけれども、子規には、資質的に、哲学とうまく結びつかないようなところがある。彼には、形而上学的な観念のなかに深くのめり込んでゆくようなところはありません。何かある視点や観念に立って、世界を統一的に解釈し体系的に構築するといった志向はないんです。彼の資質は、自分が生きる社会のさまざまな事象や、自分が接する人や物に、実に生き生きとしたかたちで反応するという点にあるんです。政治や哲学に強く惹きつけられることによってかえって、彼のなかのそれらと合わないもの、彼のもっと奥深い本質があらわになってくるんですよ。政治も哲学も、彼の目的であることを止めました。

俳句への接近

こんなふうにして、次々とさまざまな可能性が消去される。政治が消去され、哲学が消去される。その結果、子規にとってのもっとも深い可能性である文学が、とりわけ俳句が浮かび上がってくるんですね。彼は、明治十七、八年頃から俳句を作り始めていますが、これは積極的に思い立ったと言うよりも、俳句が盛んだった松山の土地柄のせいでしょう。だけど、だんだん俳句に近づいていって、明治二十年には、大原其戎という梅室門下の俳人から具体的な手ほどきを受けるようになりました。もっとも、最初期の句は俳句としてどうこう言えるものじゃありません。たとえば明治十九年の俳句に、「一重づつ一重づつ散れ八重桜」という句がありますが、これは八重桜の「八重」にかけて、一重ずつ散ればゆっくり見られるという思いつきを句にしたにすぎません。他の句も大同小異です。だけど、ときとともに子規は俳句というもののなかにのめり込んでゆきます。明治十八年には十三句、十九年には十四句、二十年には五十五句が遺されていますが、二十一年には百七十二句、二十二年には、百六十三句、二十四年には五百七十七句というふうに、年とともにその数を増やしてゆく。二十五年には、三千百二十一句という前の年の六倍に近い厖大な数の句を作っています。

そして、それに応じて、凡庸な句に混じって、子規の個性のよく出た句も生まれるようになります。たとえば、二十年には、前の年の四月十四日になくなった清水則遠という同郷の友人の一周忌に、「落花樹にかへれど人の行《ゆく》へ哉」という句を詠んでいますが、心が深くていい句ですね。同じ年に「けさりんと体のしまりや秋の立つ」という句がありますが、これもいい。二十一年には、「梅雨晴れやところ〳〵に蟻の道」、「青々と障子にうつるばせをかな」、「添竹も折れて地にふす瓜の花」といった句、二十二年には、「白砂のきら〳〵とする暑さかな」、「燕の飛ぶや町家の蔵がまへ」、「冬枯の中に家居や村ひとつ」、二十三年には、「胡蝶飛び風吹き胡蝶又来る」「あたゝかな雨が降るなり枯葎《かれむぐら》、「桃咲くや三寸程の上り鮎」といった句が眼につきます。もっともまだ眼につくという程度ですけどね。そして二十四年には、五百七十七句も詠むことになるんです。

単に数が多いだけじゃない。彼の個性がよく出た句も増えています。たとえば「鶯や山をいづれは誕生寺」とか、「山々は萌黄浅黄やほとゝぎす」とか、「秋風や伊予へ流るゝ汐の音」とかいった句です。これは単に腕が上ったというだけのことじゃないんですね。この年の暮に彼は三日ほど武蔵野を散策していますが、そのとき俳句に開眼したようです。「夕日負ふ六部背高き枯野哉」とか、「木枯やあら緒くひこむ菅の笠」とか、「水鳥のすこしひろがる日なみ哉」とかいった句を見ると、それがよくわかります。ただこれは、子規が、武蔵野の風物に刺激され、触発されたといだけのことじゃないんですね。もうひとつ、別の動機も考えられる。彼は、明治二十三年の暮頃から、「俳句分類」という仕事を始めていて、このことが重要な意味を持っているように思われます。これは、連歌の発句以来、芭蕉や蕪村にいたるまでに書かれてきた厖大な数の俳句を、主題別に分類し、書きとめるという、とてつもない仕事なんですよ。現代のように図書館が完備した、コンピューターなどを利用出来る時代じゃないんですよ。もちろん図書館は利用したでしょうけれども、あとは自分でさまざまな句集を買ったり借りたりしなければならない。それをみずから筆で書き写すんですよ。

子規の「俳句革新」と言われますが、通常の革新家は、古い句集を読むことはあるにしても、こんなとてつもないことはしませんね。ここには子規のもっとも本質的なものが立ち現われています。彼には、性急に、自分の文学観、自分の方法を推し進めるより先に、これまでふしぎな生命力をもって生き続けてきた俳句という巨大な肉体に自分を開く必要があった。単に古い俳句を好みに応じて読むだけじゃなくて、その全体に自分を開く必要があったんです。しかも、筆写という肉体的努力を通じてね。そんなふうにして「貞門」や「談林」の俳句を次々と写してゆく。次いで芭蕉の句集も写してゆく。そして、「芭蕉七部集」の五番目に当る「猿蓑」という撰集に到って、彼は俳句の真髄に開眼するんですよ。自分でそんなふうに書いています。この開眼はたまたまそうなったというものじゃない。「俳句分類」というとてつもない仕事を通して俳句という存在の肉体に自分自身をこすりつけ、あれこれの句がいいとか悪いとかいうことじゃなくて、俳句の持続全体を自分のなかに生かすんですね。そのことが、彼をおのずから俳句開眼に導くんです。そしてこの開眼が直ちに、先程あげた「木枯やあら緒くひこむ菅の笠」といったすぐれた句として具体的に結実するんですよ。

子規の俳句終末感

こんなふうにして子規は俳句にのめり込んでゆきます。その場合、句作だけではなく、「俳句分類」などという仕事にまでのめり込むのは子規独特の点なのですが、彼の俳句とのかかわりにはもうひとつ着目すべきことがあります。同郷の後輩である高浜虚子にあてた明治二十四年十二月二日付けの手紙のなかでふしぎなことを言っているんです。「歌、発句、とも永久のものにあらず。ことに発句は明治に尽くべきものと、小生の予言なり」と言うんですよ。さらに少しあとでは、ある俳論のなかでこんあことを言っています。「数学を修めたる今時の学者は云ふ。日本の和歌俳句の如きは一種の字音僅に二三十に過ぎざれば、之を錯列法《パーミュテーション》に由て算するも其数に限りあるを知るべきなり。語を換へて之をいはゞ和歌（重に短歌をいふ）俳句は早晩其限りに達して、最早此上に一首の新しきものだに作り得べからざるに至るべしと」と言うんですよ。つまり、俳句は十七文字だし短歌は三十一文字ですから、その組み合わせには限りがある。ですから、いずれこれ以上新しいものを作る可能性はなくなるというわけで、まあ乱暴と言えば乱暴な議論ですよ。冗談半分に乱暴な思いつきを口にしていると思われるかもしれませんが、実は大まじめなんですね。その議論の末尾でこう言うんです。「人問ふて云ふ、さらば和歌俳句の運命は何れの時には窮まると。対へて云ふ。其窮りの尽す時は固より之を知るべからずと云へども、概言すれば俳句は已に尽きたりと思ふなり。よし未だ尽きずとするも明治年間に尽きんこと期して待つべきなり」というふうに俳句滅亡の時期まで示しているんですよ。考えてみれば、これは俳句を捨てる人のせりふです。ところが子規は、こんなふうに言いながら、あの作句数の急速な増大が示すようにますます深く俳句にのめり込むばかりじゃない。あの『俳句分類』などというとてつもない大仕事に没頭するんです。彼の場合、俳句の終末のなまなましい自覚が、彼を、これまで生き続けてきた俳句という存在の巨大な肉体に触れたいという思いに導いたのでしょうが、これは子規独特の点です。

もっとも、彼の俳句終末観は、文字の組み合わせが限られているといった単純な理由だけで生れたわけじゃない。そこにはもちろん、明治という時代に政治や社会や生活が急激に変化したという事情が大いにかかわっているでしょうね。彼はある文章で「和歌には新題目、新言語は之を入れる丶を許さず、俳句には敢て之を拒まずといへども亦之を好むものにあらず」と言っています。短歌にしても、俳句にしても、人びとが長年にわたって磨き上げてきた措辞や語彙によって支えられているものでしょう。頑固執拗に雅語を守り続けた短歌とくらべると、俳句は自由に俗語卑語をとり入れていますから、短歌より日常と結びついていますが、それでも明治初期に猛烈な勢いで流れ込んできた西洋の文物や思潮、それによって生み出された生活の変化変質とはうまくとけ合わない。たとえば俳句は、ごく短い、凝縮された形式であるためにいっそうそのことが際立つのですよ。その場合、せっかちに新しい題材を詠み込めば、俳句そのものの内部崩壊をもたらすことになりかねない。子規は、彼を取り巻く世界のこのような変化変質に対してきわめて敏感でしたから、俳句にのめり込むにつれて、そういうずれもいっそうはっきり意識するようになるんです。もちろんこういうことは、変革期の文学者には多かれ少なかれ見られることでしょう。だけど、それが一挙に俳句終末論と結びついてしまうのはいかにも子規らしい。さらにまた、終末にさしかかった俳句がそれまで生きてきた姿の全体を確認しようとでもするかのように『俳句分類』などという仕事にとりかかるのですが、これまたまことに子規らしい。彼の俳句革新がこのような場所から出発しているのは注意すべき点でしょう。

さらにもうひとつ興味深いのは、こんなふうに歩み始めた彼が、明治二十六年の暮から二十七年のはじめにかけて、ある雑誌に『芭蕉雑談』という文章を連載していることです。もちろん、俳句の道を歩き始めた人間がまず芭蕉を論じるのはとくに珍らしいことじゃないけれども、この文章にはそういう例のひとつとして片づけられないようなところがあります。その冒頭で彼は「余は劈頭に一断案を下さんとす曰く芭蕉の俳句は過半悪句駄句を以て埋められ上乗と称すべきものは其何十分の一たる少数に過ぎず。否僅かに可なる者を求むるも寥々星辰の如しと」と述べているのですが、何とも猛烈なものですね。もちろん、芭蕉と同時代には、敵対する流派による手きびしい芭蕉批判があったでしょうが、以後、時とともにそういうものは姿を消してゆく。子規がこの文章を書いた頃には芭蕉はほとんど神格化されていたと言っていいでしょうね。そして子規の芭蕉批判は、芭蕉そのひとというよりもこのような芭蕉の偶像視に向けられているんですよ。事実この芭蕉論は、冒頭のことばから連想するように芭蕉に対する一方的な断罪じゃない。ていねいに読んでみると、芭蕉に対する、また芭蕉の句のひとつひとつに対する、子規の冷静で個性的な判断が働いていることがわかります。そういうことと、神格化された芭蕉観に対する手きびしい批判とがひとつに結びついている点がいかにも子規らしい。ここには子規のおそろしく鋭敏なジャーナリスト的感覚とでも言うべきものが見てとれるのです。

唯一絶対の表現形式としての俳句

こんなふうに、子規は、漢学から政治へ、政治から哲学へ、というふうに、さまざまな可能性を次々と消し去りながら、俳句という表現形式に入り込んでゆくのですが、ここでもうひとつ選択を迫られることが起ります。それは、小説という形式なんですね。これは、ただ単に俳句と小説とのどちらを選ぶかというようなことじゃなかった。明治十九年には、坪内逍遙の『当世書生気質』や『小説神髄』が出ていますし、二十年には二葉亭四迷の『浮雲』の第一編が出ていますが、たまたまこれらの作品小説や評論が書かれたということじゃないんですね。伝統的な形式に強く拘束されるところがある俳句や短歌とはちがって、小説ははるかに自由ですから、時代や社会の激しい変化に対応しやすい。それに子規は、すでに申し上げたように漢詩文に強く影響されてはいたものの、実に生き生きとした好奇心をもって現に在る世界に向かい合う人ですから、小説は彼にとって恰好のものだったはずです。『書生気質』が出たときは早速一読して、そこに見られる同時代の青年たちの生き生きとした描写や、描写するにあたってのことばの動きに強い感銘を受けています。当然、彼は小説という道に彼にとっての魅力的な可能性を見出したでしょうね。

もっとも、これは単に小説というジャンルに魅力を覚えたというだけのことじゃない。生活という問題もかかわっていたような気がします。父が早くなくなったあと、子規一家に残ったのは藩籍奉還金として下賜された二千円だけで、この二千円の金を母方の伯父が管理してくれていました。子規一家の生活は、その利子と、母親の裁縫その他の内職の収入だけでした。何とか早く自立した生活を作りあげなければならない。その点、小説は、一本当れば、多くの人びとの関心を引き、それで生活することが出来る——まあ、今ほどじゃありませんけれども——。このことがその動機になって、少なくともそのひとつになって、彼は、二十四年の暮から、『月の都』という小説を書き始めるんです。もっともこれは、彼が、俳句を捨てて小説に夢中になったということじゃないんですね。すでに申し上げたように、この明治二十四年という年は、子規が、俳句の真髄を発見した年です。単に発見したばかりじゃない。武蔵野吟行などによって、個性的な秀句を作り始めた年でもあります。当然、作句を続けているんですが、それで生活出来るというあてはない。当時は、俳句で生活しようと思えば、宗匠となって弟子をとり、客と面倒なつきあいをしなければならない。それも、多少名前が売れてはじめて可能なことです。それに第一、子規にとっての俳句は、そういう世間の俗悪との妥協を拒むことによって成立しているんですからね。俳句は俳句として、とにかく小説に賭けてみるというのは、子規にとってごく自然な選択だったように思われます。これには、俳人と小説家とが現在のようにはっきりと区別されていないという当時の事情もかかわっていたかもしれません。

それに――これはいかにも子規らしいのですが――執筆中の彼は、自分の小説に並々ならぬ自信を持っていたようです。だけど、幸か不幸か、事は彼が思っていたようには運ばなかった。翌年のはじめ、彼は出来上がった原稿を持って、露伴を訪ねるのですが、露伴の反応は「文章はいいところもあるけれども、小説としてはどうも」といったごく冷たいものでした。子規は露伴をたいへん尊敬していましたからこれはこたえたでしょうね。こたえたどころではなく、小説そのものを断念してしまうのですよ。彼は少しあとの五月四日付けで虚子に送った手紙のなかで、「僕ハ小説家トナルヲ欲セズ詩人トナランコトヲ欲ス」と書いているんです。もっとも、いかに露伴を尊敬していたといっても、子規ほどの激しい個性が、露伴に少々冷たくあしらわれたからといって、それで小説を断念するのは、いささか反応が大げさ過ぎる。それがこたえたことは確かでしょうが、それ以上に、そこには、子規の自作に対する苦い自己批評が働いていたような気がします。これは、美文で塗りあげたきわめて人工的な小説で子規独特のあの生き生きとした自然なことばの動きは感じられない。露伴ならずとも「小説としてはどうも」と言いたくなるようなところがある。子規は、書くうちに、だんだんそのことに気づいてきたんでしょうね。彼は、最初のうちは作品について威勢のいいことを言っていましたが、だんだん心細い口調になってゆきます。その最後の一押しが露伴の評言だったんでしょうね。

そういうわけで彼は小説を断念します。そして、俳句が子規の表現意識の全面を領するに到る。

明治二十五年に彼は三千百二十一句という厖大な数の句を作るのですが、翌二十六年には、実に四千八百十二句に達するんですよ。俳句はこの時期の彼にとっては唯一絶対の表現形式になってゆくんです。だけど、彼に小説を試みさせた生活の問題がありますから、ただのんびりと作句に精進するというわけにはゆかない。彼は二十六年に大学を中退して、陸羯南という思想家が主宰している日本新聞社に入社するんです。もっとも、これは、単に生活のためと言って片づけられないようなところがあります。もう少し辛抱して東大を卒業すれば、エリートとしての道が開けるわけですからね。彼は、政治家の道を断念したように、そういうエリートの道も断念したのですよ。

もっとも、文学者としての子規にとっては、日本新聞という発表の場がえられたのは、たいへんありがたいことでした。この場で彼は、次々と俳句や俳論を、また随筆や歌論を発表することが出来ました。ここが彼の革新の拠点になったのです。これは彼が、政治家とか社会的エリートとかいった道を断念し、俳句という芸術に閉じこもったということでもないんですよ。明治二十七年に起った清国との戦争に彼は実に激しく反応します。国内にいて、戦争についての文章を書くなどということじゃなく、従軍記者になるんですよ。これは、彼にとって、ある意味では東大中退以上に思い切った決断でした。それは、彼が抱え込んでいた健康上の不安を押し切る行動だったからです。彼は明治二十二年の五月に、突然喀血に見まわれているんですが、当時結核は死病でしたから、これはたいへんなショックだったでしょう、彼の子規というペンネームもそこからきています。子規とはホトトギスをさしているんですが、ホトトギスは血を吐いて鳴く鳥ということになっているんです。病状は一応おさまったけれども、もちろんいつ再発するかわからない。当然まわりの人は反対する。だけど子規はそれを無視して、明治二十八年の三月に広島に向かい、四月には、第二軍に従って戦地におもむきます。

これには、戦争というこの大事件に身をもってかかわることによって、この世界と人間とにじかに接したいという子規生来の強い欲求が働いていたでしょう。これによって、自分の文学に——これは必ずしも俳句には限らないのですが——何か新しい道が開けるかもしれないという夢もあったかもしれません。さらにまた、明治のこの時期に激しく膨れあがってきたナショナリズムが彼を鋭く刺激したでしょうね。こういったものがからみ合って、彼を戦地に導いたんです。だけど、間もなく戦争は終って休戦状態になり、彼は五月に帰国の船に乗り込むことになります。さぞがっかりしたでしょうが、そんなことではすまなかった。二カ月あまりの旅に過ぎなかったのですが、この旅は彼をひどく疲れさせたのでしょう、その船内で大喀血を起し、港から担架で病院に担ぎ込まれるのですよ。療養の末、一応回復して東京に戻るのですが、やがてそれは、脊髄カリエスという形で再発し、彼は自由に行動することが出来なくなるんです。

たどるべき俳句の道

こんなふうに彼は、まず政治家という道を閉ざされ、次いで社会的エリートという道も断念したばかりではなく、自分の身体を使って実際に人や物とかかわるという可能性が、急速にせばめられてゆくんです。たぶん彼は、最初の喀血よりもはるかに強く自分の短命を予感したんでしょうね。この年十一月の末東京に戻った彼は、十二月九日、虚子とともに道灌山におもむき、自分の後継者となってくれるように頼むのですが、断られます。短命を強く予感していただけにこれはひどくこたえたでしょうね、翌日、このときのことを友人の五百木飄亭に書き送った長文の手紙のなかで「小生今日只今《ただいま》二人となき一子を失ひ申候」とさえ書いていています。碧梧桐に対してはもっと冷ややかで「小生以前すでに捨て申候」と書いている。ひとりを捨て、もうひとりからは捨てられたわけですが、もちろん彼は、それでそのまま落ち込むような人物じゃない、この手紙は、こんなふうに結ばれているのです。「今迄も必死なり　されども小生は孤立すると同時にいよいよ自立の心強くなれり　死はますます近《ちか》づきぬ　文学はやうやく佳境に入りぬ　書かんとすれば　紙尽く　喝ッ。」実に子規らしいですね。

落ち込むどころか、この辛い出来事は、彼がいっそう強く全身的に俳句と結びつく動機となる。そして、この場合、句作ばかりでなく、それと平行して俳句論を次々と書いていることも注意していい点です。それらのなかでもとくに興味深いのは、明治三十年のはじめから「日本」に連載を始めた『明治二十九年の俳句界』という文章ですね。ここで彼は、前の年の俳句界の動向を単純に回顧しているわけじゃない。俳句界の「新風」として、一年前に苦い思いをさせられた虚子と、それぱかりか「小生以前すでに捨て申候」と評していた碧梧桐とを強く推している。そしてそのような視点から俳句界の動きをとらえているんですよ。

虚子たちの句に対する子規の評価の仕方は独特のものです。彼は虚子の句を「時間的俳句」と呼び、虚子が俳句というごく短い形式のなかに、複雑な人間関係や屈折した時間感覚を詠み込んでいることをその特質としています。一方、碧梧桐の句の特質は「印象明瞭」という点にあるとしています。こういう批評は面白いですね。彼は、虚子の句としては「屠蘇臭くして酒に若かざる憤り」とか、「年の暮の盗人にして孝子なるがあり」とかいった句をあげています。一方、碧梧桐の句であげているのは「白足袋にいとうすき紺のゆかたかな」とか、「妻の手や炭によごれたるを洗はざる」といった作です。たしかにこれらの句は「時間的俳句」あるいは「印象明瞭」といった評言にぴったりですね。もちろん、虚子にも碧梧桐にも、他のさまざまな特質があったでしょうが、子規の評言は、それのなかのひとつを取りあげるだけには留まらない。彼らは、それらの根底にあるもの、彼らのさまざまな特性がそれに収斂するようなもっとも本質的な特性を見抜いているんですよ。しかもそれを、彼らそれぞれの問題をこえて、俳句の「新風」を典型的に示すものとしている。こういう思考の動きはいかにも子規らしいのです。

いまひとつこういうこともある。それは、彼が、こんなふうに虚子や碧梧桐の句の具体的な批評を通して彼にとっての「新風」を確認するのと、ほぼ時を同じうして蕪村を発見している点です。その場合注意すべきは当時蕪村が画家としては高く評価されていましたけれども、俳人としては芭蕉よりもはるかに低い位置しか与えられていなかったという点です。子規が蕪村を知ったのも、たまたま友人が手に入れた蕪村の句集を読んだことがきっかけになっている。だから「発見」と言っていいのですが、この蕪村の発見と現在の「新風」とが、過去の発見と現在の発見とが生き生きと響き合っていることが、子規の、常に変ることのない生き方、考え方なんですよ。

こうして子規は、俳句についての考えに新たなひろがりを与えながら句作を進めてゆくのですが、これは虚子たちのように、意識的に「新風」を目指すということじゃない。

その二十九年の元日に、彼は「元日の人通りとはなりにけり」という句を作っていますが、ここには「新風」などといったものはいささかも感じられない、だけど、一見そう思われるような、日常のちょっとした印象をそのままことばにしただけの句というわけでもないのですよ。元日の午前中は、皆、家に籠って雑煮を祝ったりしていますから、不思議なほど静かでしょう。それが昼近くなると、年始に出かける人や来る人の、また遊びに出かける子供たちの足音や声が響き始める。病床にしばりつけられた子規は、そういう気配や物音にただひたすら耳をすましているんです。そういう彼にとって、「人通り」は単なる人通りじゃない。それまでの静けさ、全身で感じている静けさのなかに、生活の物音が入り込んで来る。そこにはある生き生きとした時間が流れるんですよ。虚子も碧梧桐も、このような簡素でみずみずしい、しかもある心の深さを感じさせる句を詠むことはないんです。

これは彼がこういう句ばかり作るようになったということでもない。たとえば「立たんとす腰の番のさえかえる」というような、病床にしばりつけられた自分の肉体を、いささかのあいまいさもなくいわば冴えかえるようなかたちで意識した句を作っていますが、子規において独特なのは、同じ頃に、一方では「春の夜や屏風の陰に物の息」という、自分を含む辺りの気配をうかがっているような句を作っている点です。さらにまた、そんなふうにうかがっている自分を虚空から見おろしているような、「春雨のわれまぼろしに近き身ぞ」という句もあるんですよ。病人であるだけにいっそう強い自分の肉体の意識、自分を取り巻くものの気配への鋭い感覚、そしてそれらの全体を虚空から見おろしているようなまなざし。この三つの結びつきが、そのまま子規という精神の本質的構造を表わしているように思われます。

これは彼がこの種の句ばかり作るようになったということじゃない。一方で「内のチヨマが隣のタマを待つ夜かな」といった句も作っている。チヨマもタマももちろん猫の名前でしょうが、この句が示すような、身のまわりのものに示す、ほとんど明るい感じさえする屈託のないまなざしは、虚子にも碧梧桐にもありませんね。だけどこの明るさは「鶯の啼けども腰の立たぬなり」という句が示すような、病いに蝕まれた自分の身体という事実から離れることはない。そういう事実が突きつける自分の宿命の辛い見定めから離れることはないんですよ。子規には、こういう暗さと明るさとが宿命の辛い見定めと、そういう見定めを超えた、実生活への実に健康な好奇心とが、おそろしく生き生きと融け合っているんです。

翌明治三十年の句をいくつか読んでみましょうか。たとえば「四時に烏五時に雀夏の夜は明けぬ」とか「犬が来て水飲む音の夜寒かな」とか、あるいは「たれこめて薔薇ちることも知らざりき」といった句があります。一見ごく何でもない句に見えますが、そうじゃない、二十九年元旦の「元日の人通りとはなりにけり」という句に触れたとき、このとき子規は病床にしばりつけられていたこと、病床でただひたすら耳と心を澄ましていたことを忘れるべきではないと申し上げましたが、これらの句の場合も同様です。そのとき、日常の何でもない出来事のひとつひとつが、ある深い表情を帯び始める。そしてかけがえのない時間が流れるのです。

一方、留学のためにロンドンに渡る漱石を送る「秋の雨荷物ぬらすな風引くな」という句がある。天然痘にかかって入院した碧梧桐にあてた「寒からう痒からう人に逢ひたからう」という句がある。かと思うと、「乾鮭の切口赤き厨かな」という句も作っています。これらの句を見ると、これらの句が、たとえば「新風」とかを目指すといった一定の志向につらぬかれているとはとても思えませんね。そこには、「印象明瞭」な句も「時間的俳句」もありますけれども、眼に見えたものをそのまま書きつけただけのような素朴な写生句もあり、日常のおしゃべりや手紙がそのままことばになっているような句もごく平気な顔で共存しています。こういう子規の姿勢はいかにも不徹底に見えますけれども、実はそうじゃないんですね。駄句、凡句、秀句をとりまぜた混沌とした共存そのものが、子規の俳句世界の端的なあらわれとなっているんです。

病床の生命観と生活感

そうこうするうちにも、子規の病気は刻々に重篤なものになってゆきます。寝返りをうつにも苦労する。だけど、そういう状態のなかでも、彼の眼も心も生き生きとした動きを失うことはない。そういう病床生活を記録した『仰臥漫録』という文章がありますね。少年の頃読んでたいへん感動したのですが、これを読むと、彼の生活と句作といかにみずみずしく融け合っているかということがよくわかります。たとえばこんな記述がある。「朝庭の棚を見るに糸瓜の花八、南瓜の花二」。何でもない記述のようですが、こういう場合、ふつう花の数までは書きませんね。ここからは花をひとつひとつ数えながら眼をこらしている子規の姿が浮かびあがってきます。次いでこんな記述が続きます。「○追込籠のカナリア鉄網にとりついて鉄網に附着したる白毛を啄む ○白き蝶女郎花の花を吸ふ ○蝶二つになる ○ぶいぶい糸瓜の花を吸ふ ○蛾一つガラス戸を這ふ ○揚羽の蝶来る倉皇として去る ○鳥一羽棚の上を飛び過ぐ ○雲なし」。面白いですね。「糸瓜の花八、南瓜の花二」と書いたときと同じように、彼は、見るもののひとつひとつに、それらすべてが彼にとってかけがえのないもののように見入っているのですよ。次いで、別のことも起こります。「紅緑来る」——紅緑というのは、佐藤紅緑、子規の弟子で、サトウ・ハチローのおとうさんです——。「午前一一時頃苦み泣く」、これは痛みのために泣くんです、号泣するんです。そういうことがごく何気なく書かれている。次いで「夕顔や野分想うる実の太り」とか

「病間あり秋の小庭の記を作る」とかいった句が「苦み泣」いたことなどまったくなかったように書き留められるんですよ。次いでまた一転して、「午後理髪師来る　一分刈り廿五銭やる　理髪師の言によるに夕顔に似て円き者は干瓢なりと」という記述があって、そのあと「干瓢の肌へうつくし朝寒み」という句が書かれているんです。もちろん食事も子規にとって重要な行為で、たとえば「夕飯　粥一椀　焼鰯十八尾　鰯の簀のもの　キャベツ　梨一」というふうに事こまかに書かれています。単にこまかいばかりじゃない。内臓の病気ではないということはあるにしても、とてもこれは「苦み泣」く重病人の食事とは思われませんね。

もう少し『仰臥漫録』を読んでみましょうか。これは明治三十四年の九月十一日の項ですが、「ツク、、ボーシ」を主題とした連作俳句を作っています。はじめに、これまた重病人のものとは思われない三食の献立が、それにまた間食までこまかに書きつけられていますが、そのあと二、三の記述があったあと、こんな句が続くのです。「ツク、、ボーシツク、、ボーシバカリナリ」「ツク、、ボーシ明日無キヤウニ鳴キニケリ」「ツク、、ボーシ雨ノ日和ノキラヒナシ」「家ヲ遶リテツク、、ボーシ樫林」「夕飯ヤツク、、ボーシヤカマシキ」。こういう句です。

もちろん、これらはいい句とは言いがたい。だけどつまらぬ句として片づけることもできないのですね。読んでゆくと、「ツク、、ボーシツク、、ボーシバカリナリ」という句で生まれたつくつくぼうしのイメージが、次々と新たなつくつくぼうしのイメージを生んでゆく動きがよくわかる。すぐれた句というわけじゃない。すぐれた句を作ろうとあれこれ工夫しているわけでもないんです。くりかえし鳴きしきるつくつくぼうしのように、イメージがイメージを生んでゆく。そのたびに微妙に表情が変わるんです。子規の心の変化とこういう表情の変化とが生き生きと応じ合うのですよ。つくつくぼうしは、彼の外で鳴きしきっているだけじゃない、彼の内部でも鳴きしきっている。そのことがおのずからこの連作句を生み出すのですよ。

もちろん、彼は単に気の向くままに句を作っているわけじゃない。句の形やイメージについてのさまざまな工夫があったでしょう。ただ彼の場合、句作は、生活から離れたところに別物を作るという意識だけでつらぬかれているわけじゃない。そこには常にこの自然な生活感が融け合っているんですよ。子規の句というと、誰しもまず写生ということを思い浮かべるでしょう。これは、文学の方法としてではなく、中村不折などの画家の影響から生まれたのですが、いずれにせよ、彼の場合これは抽象的な理論や方法とはならない。これは彼が理屈ぎらいだということじゃないんですよ。彼のさまざまなエッセーからうかがわれるように、彼には強い論理的志向があるとさえ言える。ただそれが常に、まことに生き生きとした生活感に突き戻されるのですよ。そこで彼は、ものに触れ、ものに結びつく。一見凡庸な句でも、ふしぎなみずみずしさがしみとおっているのはそのためです。しかも、子規は、時とともにますます強く病床にしばりつけられるのですよ。そのことが彼の句に通常の写生句とは異なる表情を与えています。そういう状態であればあるほど、彼の生命観生活感はその純度を増していると言っていいでしょう。「元日の人通りとはなりにけり」という句は、病床にしばりつけられて、耳と心を澄ましている子規の姿を抜きにしては考えられないと申しあげましたが、これは度合いの多少はあっても、彼のどの句に関しても言えることです。これは、俳句ばかりではなく、短歌の場合も同じですね。明治三十四年に「瓶にさす藤の花ぶさみじかければた丶みの上にとどかざりけり」という有名な歌を詠んでいますが、この歌は詞書に言うように仰向けに寝ながら左の方を見たときに見えた眺めですね。ただ何となく眺めたわけじゃない。そんなふうにまなざしを限定されたことで「藤の花ぶさ」が「た丶みの上にとどか」ないということが強く意識される。要するに藤の花房が短いから畳にとどかないというだけのことじゃないかと思われるかもしれませんが、それだけじゃないんですよ。畳のうえにとどかない藤の花房に眼をこらしている子規のまなざしには、彼の短命の自覚が、志半ばにして、つまり畳のうえにとどかぬうちに倒れざるをえないという辛い意識が重なりあっているように思われる。畳のうえにとどかぬ藤の花房は、子規自身でもあるんですよ。

そうこうするうちにも、病状はますます悪化してゆきます。彼は激痛に絶叫し、号泣する。だけどそういう状態に閉じこめられてもいないのですね。彼は『病床六尺』の明治三十年九月十三日の項に「人間の苦痛はよほど極度へまで想像せられるが、しかしそんな極度にまで想像したやうな苦痛が自分のこの身の上に来るとはちよつと想像せられぬ事である」と書いていて、その苦しみの程を察することが出来ます。だけど翌十四日には浮腫のために異様なほど膨れあがってた自分の足を見て、こんなふうに書くのですよ。「足あり、仁王の足の如し。足あり、他人の足の如し。足あり、大盤石の如し。僅かに指頭を以てこの脚頭に触るれば天地震動、草木号叫、女媧氏いまだこの足を断じ去って、五色の石を作らず。」面白いですね、女媧とは、天柱がかけたとき五色の玉を練って補ったと伝えられる中国古代の伝説上の女帝ですが、こういう比喩もこの文語調も、自分をさいなむ苦痛を外から眺めるために用いられたものでしょう。それが、およそじめついたところのない文体を生み出している。子規が世を去るのは、五日後の九月十九日ですが、とてもこれはそういう瀕死の病人の文章とは思われませんね。

　そればかりじゃない、句作も続けています。時とともにその数はへっていますが、その簡明な立姿が心の深さをうかがわせるものになっています。いくつか読んでみましょうか。明治三十四年にはこんな句がある。「氷解けて水の流るゝ音すなり」「人問ハゞマダ生キテ居ル秋ノ風」「筆禿《ち》びて返り咲くべき花もなし」。次は三十五年の句。「土一塊《ひとくれ》牡丹生けたる其《その》下に」「病床の我に露ちる思ひあり」「首あげて折々見るや庭の萩」。その一方で理論と実作の両面で短歌革新の志を進めるばかりでなく、写生説による散文の革新も進めていて、まことに驚くほかありません。

　九月十八日の朝、子規は、いつも絵を描く紙をはる板に唐紙をはらせたものを妹さんに持たせて、仰向けのまま筆で「糸瓜咲て痰のつまりし仏かな」という句を書きます。次いで「痰一斗糸瓜の水も間にあらず」と「をとゝひのへちまの水も取らざりき」という二句を書き、この三句が彼の辞世となりました。翌十九日の明け方、彼は世を去るのですが、その短く激しい、だけどのびやかで明るさにつらぬかれた三十六年の生涯は、そこで実現した質量ともにまことに驚くべき仕事とともに現在の私に対しても、いささかも衰えることのない力を及ぼし続けています。

島崎藤村の文学

これから藤村についてお話をいたしますが、私は島崎藤村という人が苦手なんですよ。それで、今度ご依頼を受けたときも、その由を申し上げてなんとかお断りしようとしたんですけれども、そういう変わった男の意見というのも一興だから、是非聞いてみたいとおっしゃる、つい説得されまして、こうして参ったようなわけです。

そういうことですので、「島崎藤村の文学」などという大げさな題をつけましたけれども、藤村を専門に研究なさっている皆様の前で、なにか新しい意見を申し上げる能力はまったくないんです。にもかかわらず、なにかお話ししてみようと思ったのは、藤村という作家が、私にとって、けっしてつまらぬ作家じゃなかったからなんですね。つまらぬ作家と思ったのなら話は簡単なんだけれども、そうじゃない。その証拠に、苦手であるにもかかわらず、私は、いつの間にやら、彼の作品をほとんどすべて読んでしまっているんですよ。何度も読み返した作品さえある。私の場合、こういう屈折した反応を強いられた作家は、彼以外にはいないんです。

もう亡くなられたフランス文学者の辰野隆先生は、藤村が嫌いでしてね。雪が降ってきたと書けばいいものを、白いものが落ちてきたと書くようなやつは大嫌いだというのが辰野先生のご意見です。辰野さんはチャキチャキの江戸っ子ですから、藤村のこういう言いまわしには我慢できなかったんでしょうね。私の気質にも辰野さんといくらか通じるところがある。少年のころ『春』を読んだんですけれども、主人公が品川の遊廓へ行きたいと思う。ところが藤村はそうは書かないんですね。品川の方から風が吹いてきた、と書く。遊廓の娼婦のことも、娼婦とは書かない。煙草をすすめる女と書くんです。なんのことやらわからないですよ。煙草をすすめる女といっても、どうも煙草屋じゃないようだし。まあ、だんだんわかってきましたけどね。とにかくこんなふうに、直接にものを語らないで、妙に内にこもって遠まわしに発言する藤村のスタイルは、私の場合も気質的に合わないんです。

藤村的気質

誰だったか、こんな話を書いているのを読んだことがある。その人がなにかの用件で藤村の家を訪ねたところ、藤村が出て来て、玄関先にピタリと坐って、「なんの御用でしょう」とたずねるんです。そして相手の用向きを玄関先で礼儀正しく聞いて「よくわかりました」と言って引っ込んでしまう。来た方としては別に歓迎はされなくても、家にあげてくれてお茶くらい出るだろうと思っていますよ、ところがあげないんですね。この話を読んで、いかにも島崎藤村らしいと思いました。私などは、忙しい真最中に突然見知らぬ若者が訪ねて来てもついあげてしまう方ですからね。どうもこういう人物はつきあい難いと言わざるをえない。にもかかわらず藤村には、私のように気質的に相容れぬ人間まで、いつの間にやらその作品をほとんどすべて読ませてしまうような力がある。この力はなんともすごいものだと思うのですよ。

藤村はその主人公に、よく、私のような者でもどうかして生きたいとか、私でも学びたいとか言わせますね。この主人公は藤村自身と見ていいのですが、こういうことばには、藤村の本質が集中的に現われているような気がします。一見いかにも謙虚なことばのように見えるけれども、それに藤村は嘘いつわりなくそう思っていたんだろうけれども、このことばは、とても謙虚などと言って片づけられるものじゃありませんね。私のような者でもどうかして生きたいと言いながら、まわりの連中が次々と死んでいったあとでも藤村だけは、まるで彼らの死を養分としてでもいるかのように刻々に成長し、悠然と生き続けているんです。何が「私のような者でも」だ、と言いたくなるじゃありませんか。

だから、芥川龍之介のような人が、藤村を「老獪な偽善者」と呼びたくなった気持ちはよくわかるんです。戦後、平野謙という文芸評論家が書いた『新生』論も、この線につらなるものです。その評論で平野謙は、女性に対する藤村のおそろしくエゴイスティックな扱いかたを情容赦なくえぐり出していましてね、私は自分の藤村ぎらいの裏づけをしてもらったような気がした。でも、振り返って考えてみると、たしかに平野謙の分析のメスは実に切れ味の鋭いものなんだけれども、それによって藤村はいささかも傷ついていないんですね、その切れ味鋭いメスのまわりに、藤村の肉がジワッと巻きついていきて、平野謙の分析や批判が、いつの間にやら、藤村という一癖も二癖もあるどうにも一筋縄ではゆかぬ個性のなかに溶かし込まれてしまっている。藤村に対する嫌悪も批判も、藤村を傷つけるどころか、藤村の個性の一要素と化しているような感じがしてくるんですよ。芥川の藤村評にも同じようなことが言えるんじゃないでしょうか。これはなんとも異様な個性です。わが国の近代の作家のなかで、こういったことを感じさせる人はちょっと他にいないんじゃないかという気が年とともに強くなってまいりました。

時代の転換期と『夜明け前』

藤村のどの作品を読んでもこういう彼の個性に行き着くのですが、彼という作家のすごさが全体的に立ち現われているのは、やはり『夜明け前』でしょうね。ここにうかがう前に、久しぶりにこの大長篇を読み直しまして、これはたいへんな作品であるという思いを新たにいたしました。ここで藤村が描き出している時間の流れはなんとも無類のものです。ご承知のように「夜明け前」とは、幕末から明治へという転換期をさすわけだけれども、こういう時代を描くことはむずかしいですね、この「夜明け前」という時刻には、夜の気配がまだ色濃く残っている。いたるところにさまざまなかげりがあり、所によっては闇が暗く立ち込めている。そのなかで人びとがうごめき、時代が混沌と揺れ動いているんです。いったい時代が進んでいるのか後退しているのか判然としないほどなんだけれども、一方、夜明けの気配が、かすかに、だがはっきりとその姿を現わしているんです。こういう時代には、夜から夜明けへという、一方向の時間軸だけで切る進歩的な動きはあるけれども、同時に激しい復古の動きもある。歩むべき方向を見定めかねてうろうろしているたくさんの人びともちろんいるでしょうね。それにまた、時代の動きになんの関心も払わず昔ながらの暮らしを続けている人びとだっているはずです。『夜明け前』を読んで驚くのは、藤村がこれらさまざまな動きのすべてに、ぴったりとその身を重ねあわせている点なのです。その場合彼は、それらさまざまな動きをただ単に羅列するだけじゃない。それらのひとつひとつの動きを、この人独特の、対象の内部にジワリと入り込んでゆくようなまなざしで見定めながら、それらを、組み合わせ、からみ合わせ、溶かし合わせて、歴史という巨大な肉体を形成する要素と化しているんですよ。こういう時間が、そのなかに生きる人間の哀歓と苦痛と孤独を、さまざまな希望や悔恨をのせて流れてゆく。それによって、ある時代が次の時代へ移ってゆく。そういう多様にして分厚い時間の流れをこの大小説はあざやかにとらえていて、なんとも見事というほかはないんです。

そして藤村が、このような時間の流れを照らし出す光源を、木曾街道の馬籠に置いているということは実におもしろいですね。もちろんこれらは彼が生まれ育った村ですから、たまたまこの村を選んだわけじゃない。ごく自然な成行きとしてこの村を舞台としたとも言えるわけだけれども、にもかかわらずこれはたいへんな着眼だという気がするんですよ。馬籠がある木曾街道が、この小説の基軸になっているんですが、小説を読んでゆくと、これが東海道でも山陽道でも北陸街道でもなく、まさしく木曾街道であったということが、この小説の構造全体とぴったりと相応じていることがわかるんです。これは、現在の馬籠や木曾街道からはなかなか想像できないことだけれども、当時は、さまざまな政治的社会的情勢がただちにこの街道に反映した。江戸から名古屋や京都や大阪に向かう人びと、また逆にそれらの町から江戸に向かう人びと、そういう人びとは、もちろん東海道を使う人も多いのですが、現在とはくらべものにならないほど木曾街道を使ったんですね。大名行列や、公家や、その他さまざまな連中が、あるいはのんびりと、あるいはせわしげに、あるいは何かに追われるように、東に向かい西に向かう、そういう道なんですよ。東海道のように海岸沿いの道ではないことで、この街道のもつこのような特質がいっそう際立っていると言えるかもしれない。

というわけで、この木曾街道や馬籠という舞台は、この小説にぴったりなんですね。たまたま藤村の生れ故郷であったという偶然の事情が、小説のなかで必然的条件と化しているわけです。それに、このような舞台の中心をなす青山家は、馬籠の本陣で、庄屋で、問屋なんですね。つまり、単なる農夫、単なる商人のように、自分の生活だけに閉じ込もっているわけにはゆかない。その仕事柄、外国とのかかわり、それに激しく揺り動かされる政治や社会の動き、そういったことに眼をくばらざるをえない。木曾街道の特殊性やこういう身分の特殊性が実によく生かされているという気がします。これがもし、長崎や堺や横浜などの問屋や商館だったとすると、外国とのかかわりはすぐに伝わるでしょうね。この『夜明け前』にもそういうことをうかがわせる記述がある。でも、なんと言うか、そういう場所だと距離が近すぎるんですよ。たしかにそこには、さまざまな外交関係、政治情勢といったものがじかに伝わってくる。そういうなまなましい現場感覚があって、それはそれでたいへんおもしろいと思うのですが、あまりになまなましすぎて、その場だけの特殊なおもしろさに終わりかねないんです。ところが、木曾街道や、馬籠の本陣の場合はそうじゃない。そこだと、人びとの往還や物の動きによって、社会の動向はよくわかる。だけど、それとのあいだに微妙に距離があるんですね。その距離が実に効果的に働いているような気がするんです。この距離のために、現場の状況と、時代全体の動きとが、互いにかかわりあいながら、ともに生き生きと浮かび上がってくる。馬籠や木曾街道のさまざまに揺れ動く日常がある一方で、時代全体の動きが、あるいはどぎつく、あるいはかすかに、まるで潮騒のように響いてくるのですよ。ここでは馬籠や木曾街道の地理的社会条件が、実に効果的に生かされているように思われます。

主人公の青山半蔵は、ご承知のように平田派の国学を学んでいるわけですけれども、このこともおもしろいですね。青山半蔵のモデルとなっている、藤村のおとうさんの島崎正樹は、実際に国学に夢中になっていた人で、これは事実に即したことなんだけれども、これがこの小説にとって絶好の条件になっているんです。その点では、馬籠や木曽街道が果たしている役割と相応じているようなところがある。私は、平田篤胤に関してはまったく無知なんですが、平田国学の信奉者は、問屋や本陣の主人とか、医者とかが大部分で、武士はごく少なかったようですね。勤皇の志士といったイメージのせいか、なんとなく皆武士だろうと思っていたものですから、これは私にはたいへん意外でした、でも考えてみると、こういう身分や職業の人びとが、平田派の国学に強くひきつけられたということはおもしろい。平田国学のどのような特質がこういう結果を生んだのかということは、作中にも多少の言及はあったようですが、私にはよくわからない。しかし、たとえば儒学に近づくのとはわけが違う。もちろん、仏教に夢中になるのとも違います。国学は、ひとつの学問体系にとどまるものじゃない。儒学や仏教を支配するいわゆる「漢意《からごころ》」を否定して、わが国の古代の直き心に、いわゆる「大和心」ないしは「大和だましい」に一挙に立ち戻ろうとする激しい志向でしょう。そういう復古をそのまま革新の動機と化そうとする運動でしょう。儒学や仏教が、現に在る社会を支え、根拠づける倫理や宗教であるのに対して、国学には、そのようなすでにできあがった秩序に逆らうようなところがある。「士農工商」ということばが象徴するような身分の秩序を揺り動かすようなところがあるんです。荷田春満、賀茂真淵、本居宣長、平田篤胤と続く国学の流れのなかで、そういう傾向が急速に強まってゆくんですね。

こうして生まれた平田国学が、幕末から明治にかけての激しい社会的変動期に置かれ、馬籠や木曾街道と結びつけられることで、また、武士でないばかりではなく、単なる農民でもない本陣の主人で庄屋で問屋でもあるように人物と結びつけられることで、国学がまことに生き生きとした表情を帯びるのです。なんともうまくいってるな、と思いますね、国学についての一般常識を超えて、国学が、復古の運動と革新の運動とをともにはらんだ不思議な肉体のように動き始めるのですよ。さきほど申し上げた、時代や地理的条件や社会的身分といったもののいっさいが、互いに深くかかわりあいながら、このことに協力している。大小説というものは、こういうものなんですねえ。前にも申し上げましたが、偶然の事実のひとつひとつが、ピタリピタリとつぼにはまって、不可欠の劇的要素に化し、濃密な劇的全体を作り上げてゆく。藤村が小説の構成のために、まったくのフィクションとしてさまざまな環境や条件を提出したとしても、なかなかこうはいかないのです。あらゆる細部が自らの意志によるかのように、ある中心を目指して身を起こしてくるのですよ。

そんなふうに考えると、「自分のような者でもどうかして生きたい」という藤村好みのあのセリフにしても、『春』の岸本や『夜明け前』の半蔵だけに限られたものではないような気がしてきます。妙な言いかたですけれども、この馬籠という村も、木曾街道も、それぞれ「自分のような者でもどうかして生きたい」と言っているような気がしてくるんですよ。それればかりじゃない。このような人びとや村や街道の姿を通して、まさしく夜明け前というときにある日本そのものが、内部にさまざまな要素をはらみながら、自分のような者でもどうかして生きたいと言っているような、不思議な感覚にとらえられるんです。ここには、文学的リアリティというものの、藤村独特の実に見事な達成があるように思われます。時代の転換期を描いてそれを文学的リアリティにまで高めている作家は、外国にもわが国にもいろいろいるだろうけれども、藤村のように時代の動きと木曾路の生き生きとした自然とを結びつけながら、時代そのものをまるで人間のように描き出している作家はまれなのです。

歴史の手触わり

しかし、この小説はけっして読みやすい小説じゃありませんね。読者を退屈させまいとしてあれこれ気をつかうそのへんの時代小説とはわけがちがう。私のように気質的に藤村を苦手とする読者にとってはなおさらのことです。いつの間にやら何度か『夜明け前』を読んでしまっており、そういうことになったのはもちろんおもしろかったからなんだけれども、一方で、退屈と戦うというところもなくはなかった。この小説には、当時の政治的社会的状況についての実に綿密な記述があります。生麦事件とか、京都と江戸との入り組んだ関係とか、そういったことが実に事細かに書いてある。それもいわゆる小説ふうにではなく、まるで歴史書を引き写したように書いてある。読んでると、あきあきしてくるんですよ。やっとそれが終わって、吉左衛門とか金兵衛とか半蔵とか、喜兵次とか、おまんとかおたきとか、そういう青山家やその周辺のさまざまな人物のことばや行動やお互いのかかわり方が語り始められると、本当にホッとします。ところが、やっとホッとしたのに、間もなくまた歴史的社会的記述が、十ページにもわたって綿々と続くんです。フランス大使がどうしたとか、アメリカ大使がどうしたとか、それに対して幕府がどんなふうに対処したとか、誰それがやって来て、どんなことを言って金をまきあげていったとか、そういったことが延々と語られる。もちろん一種の歴史小説ですからこういう記述は必要なんだけれども、それにしてもこれは限度を超えている。やっとまた話が青山家に戻るとホッとするんですよ。こういう退屈と熱中との交互作用に、私はホトホトくたびれましたね。

もちろん皆さんは専門の研究者だから、くたびれたなどということはないと思いますけれども、私はそうでした。とくに若いころはそうでした。全体の多くの部分を占める歴史的社会的記述は大急ぎで読みとばして、もっぱら半蔵をめぐる人間劇に熱中していたんです。おくめが自殺未遂をし、半蔵が強度の神経障害を起こし、ついには紙に「くま」と書いてげらげら笑い出すといったふうに、この人間劇が哀切かつ痛切な情景へと収斂してゆくわけですけれども、このあたりの藤村の表現力はなんとも見事なもので、退屈を我慢してきたかいがあったと思うのですよ。

どうもこれは、幼稚な、一面的な読み方だったと言うほかはない。何度か読み直すうちに、だんだんそういうことがわかってきました。歴史の本から引き写してきたような歴史的社会的記述が、この作品のおそるべき力を生み出していることがわかってきたんです。今度改めて読み返してみて、そのことを痛感しましたね。さまざまな事実が、ただ羅列してあるだけのように見える。もちろん実際はそうではなくて、藤村は、無数の事実のなかから、この小説の主題と相応じたものを選び出しています。だけど、読んでいるとそういう感じがしないのですよ。そんなことは忘れて、事実という砂粒をただひたすら積み上げているだけという気がしてくる。そして、そのことを通して、この事実の山の、押せども突けどもてこでも動かぬ重さがあらわになってくるんです。主観的解釈を超えた何か、歴史的解釈を超えた何か、そういったもののもつ重い手触わりが読むにつれてジンワリと感じられてくるんですよ。それは、歴史そのものの重さだと言ってもいいのですが、わが国の近代小説で、こういうことを感じさせてくれる作品が他にあっただろうか、と改めて思いました。

そしてまさしくこのことが、この小説に見られる自然描写の美しさに、がっしりとした裏打ちを与えているんですよ。彼の自然描写の美しさは、最初この小説を読んだときから感じていたことですけれども、『若菜集』の若い詩人は、五十代の半ばを過ぎた小説家のなかに生き続けているんですね。自然を描く彼のことばの軽やかで正確な動き。それによって浮かび上がってくるあのころの木曾街道を中心とした、自然のさわやかさ、みずみずしさ。水気がしみとおっているような、木や空やあたりの気配。寒いときの雪の冷たさ。これらはまったく見事なものです。若年のころから感嘆していたのですが、これは藤村の抒情詩人的資質が『夜明け前』においても生き続けているというだけのことじゃないんですね。先ほど申し上げた、歴史的社会的記述が、事実による時代の重い手触わりそのものが、その自然描写を、単に表面的な美しさにとどまらぬしっかりと内側から支えられたものにしているんです。この自然描写にしても、青山家をめぐる人間劇にしても、その根底にこういう歴史的社会的記述があればこそ、その真のリアリティを得ると言うべきでしょう。こんなことに気がつかずに、いったい自分は何を読んでいたんだろうかと思うのですよ。それにまた、この小説のこのような特質は、主人公青山半蔵のなかに、凝縮されたかたちで存在しているように見える。彼には、国学への志をともにしている友人たちがいるわけですけれども、そういう連中は、国学派として名古屋へ行ったり京都へ行ったり、あるいは水戸の藩士と組んだりしています。それによって新たな時代の到来を実現しようとしている。ところが半蔵は行かないのですよ。彼のなかには、実にみずみずしい夢があり理想があって、それは当然、彼を行動へと導いたはずです。ところが彼は、いま一方で、本陣の主人であり問屋の主人であり庄屋であるという身分によって課せられた役割に従っている。もちろん内部にはさまざまな悩みがあるわけですけれども、にもかかわらず、それが時代によって課せられた責務でもあるかのようにしっかりと足を踏んばりながらこの役割を果たしているんですね。もちろん、夢や理想と世間的実務とのあいだに適当な折り合いをつけてゆく人もいるだろうけれども、半蔵の場合はそうじゃない。本陣や問屋や庄屋の仕事を精魂こめて果たせば果たすほど、彼の夢や理想はその度合いを増すんです。そして半蔵は、この激しく対立する二つの運動を、自分のなかでじっと耐えつづけている。これは辛いことですね。半蔵の狂気は、こういうことの積み重ねが生み出したものじゃないでしょうか。

そして、この小説そのものも、さまざまな対立や矛盾をはらんだ動きを自分のなかに引き受けながらじっと耐えている。もちろん小説は人間じゃないから発狂はしませんけれども、この小説の、性急なところも騒がしいところもない、がっしりと落ち着いた動きのなかには、かすかな狂気の気配のようなものが時として感じられる。極度の冷静さと狂気とが独特のかたちで混じり合っているような感じがする。こういうことが、この『夜明け前』の舞台のもつ複雑な性格を実にあざやかに照らし出していますね。巨大な歯車がゆっくりと動いてゆくような感触と、さまざまな対立的要素の、あるいは微妙な、あるいは激しい共存、そういったことが生み出す大小さまざまな渦。ささいな個人的出来事と時代全体との対応。そういったものが、しっかりと腰をすえた低い視点から見すえられているんです。

ヨーロッパの大作家でも、なかなかこうはいきません。たとえばトルストイは、『戦争と平和』で、ナポレオンのロシア侵攻を、古代的な壮大さと生き生きとしたリアリズムで描き出しながら、それと、当時のロシアの貴族社会のさまざまな愛情のドラマとを巧妙にからみあわせて、ひとつの時代とひとつの社会を全体的に現前させています。しかし『夜明け前』を読んでいると、トルストイの辣腕をもってしても、藤村がここで表現しているほどの時代と社会とのざらついた手触わりはとらえられていないような気がしてくるんです。もちろんこれは、『夜明け前』が『戦争と平和』よりもすぐれた作品だということじゃありませんけれども。

時間の重さと時代の全体像

しかもこの『夜明け前』を読んでいてたいへん印象的なのは、この小説のこのような特質が、最初から最後まで同じようなかたちで現われているのではなく、時とともにジワリジワリと、しかもいやおうない力をもって、その重さと強さと態度とを増してゆく点なんですね。そして、小説そのもののこのような持続と成長のなかで、半蔵をはじめとする作中人物が成長してゆくんです。これは困難なことで、なかなかこういうことにはならない。昔、ある人間の二十歳ごろから六十歳ごろまでを描いた長篇小説を読んで感じたことなんだけれども、その人物は、四十年という時間のあいだに少しも成長していないのですよ。もちろん作者は、二十歳の若者は二十歳の若者らしく、六十歳の老人には六十歳の老人らしく描いていますよ。だからついわれわれは、そこにその人物の生涯が表現されているような気がするんだけれども、実はそうじゃないんですね。そういう表面的な若者らしさや老人らしさがいかにそれらしく描けていても、その人物のなかに彼が過ごしてきた四十年という時間が生きていなけりゃ意味がない。人物は、小説のなかで刻々に成長してゆかなければならないんです。その人物が二十歳のときにしゃべったことばと、六十歳のときにしゃべったことばとは当然ちがっていなけりゃならない。これは話の内容や言いまわしが老人的になるというだけのことじゃないんですよ。昔、小林秀雄さんが、レンブラントが描いた老女の絵、たぶん彼のお母さんだと思いますが、お母さんの絵についておもしろいことを言っていました。この絵に描かれた老女を見ていると、この女は八十年生きてきたんだなあという気がする、と言うんです。これは彼女が、造形的にそれらしく描かれているということじゃない。彼女の皺だらけの顔に、その皺の一本一本に彼女が積み重ねてきた八十年という時間が、その間味わった喜びや悲しみや苦しみが溶け込んでいるということなんです。私もレンブラントのその絵は実際に見たことがあって、小林さんの言うことがよくわかった。大画家というものは、こういうことまで表現してしまうんです。

これは小説の場合も同じで、すぐれた小説を読んでいると、四十年なら四十年という時間の手触わりが感じられる。それが彼に強いた、ことばにはならぬ苦しさが感じられる。これが、その人物が小説そのもののなかで成長してきたということなんです。こういうことを成就するのは容易なことじゃない。いかに老人ふうの顔つきや物腰を、老人めいたことばづかいを、また老人らしい考えかたを事細かに語っても駄目なんです。問題なのは、人間を見る作家の眼の深さでしょう。その点『夜明け前』の青山半蔵には、彼が過ごしてきた時間の重さが、その時間が彼のなかに刻みつけたものが、実に生き生きと感じられる。これは藤村のたいへんな手腕だろうと思いますね。

家督を継ぐ前の半蔵の、若くみずみずしい心の動き、まわりの人間たちとのかかわり方、それと本陣の主人となって、時代に突き動かされ時代に振り回されながら生きているときの彼のありようとは、微妙だがはっきりと違っています。そのうちに、嘉永から明治に移ってゆくのですが、この時代の動きは、彼の夢を次々と内側から突き崩すように彼を追いつめてゆくんです。そのさい、すでに何度も申し上げた、あの一見味もそっけもない時代描写や歴史記述が、まるで時代の非情な動きを体現するように効果を発揮するんですよ。半蔵は、戸長の職も、教部局の役人という職も奪われ、飛驒の神社の宮司になってしまう。こんなふうに彼は時代に追いつめられてゆくんですが、そのような彼の生が、切迫していながらいささかも観念的なところのないリアルな手触わりを感じさせるのは、時代の動きの非情さがあいまいな感傷を削ぎ落としてしまっているからではないでしょうか。

考えてみると、半蔵が飛驒の神社の宮司になるあたりの描き方は、もちろん平田派の国学とのつながりはあるとしても、小説としてはちょっと書き足りないという気がしなくもない。あそこには、その内容的理由や内的動機をもっとていねいに書いていいところです。ところがそれがちっとも書かれていない。だけど、この小説の不思議な点は、読者がこのような半蔵の行動をもっともだと思ってしまうということです。それというのも、それまでに、半蔵という人間そのものが、われわれのなかで生きているからなんです。われわれのなかで強く根を張っているからなんですよ。

長いつきあいの親しい友人がなにか突飛なことをしても、われわれは別に意外にはおもわないでしょう。あいつらしいなと思って納得してしまう。その行動に関する他人のもっともらしい理由づけが皆嘘っぱちに見えてくる。それと同じですね。この『夜明け前』という小説は、半蔵とこんなふうなつきあいをさせるようなところがあるんです。もちろん半蔵や他の作中人物の行動や思考を分析することは必要ですけれども、その根底に、彼らの存在そのもののこのような手触わりを保ちつづけることが必要なんじゃないでしょうか。そうしないと、この小説の上澄みだけすくって満足することになりかねない。

というわけですから、半蔵は、ただ単に時代によって追いつめられているだけじゃない。自分の運命に向かって自分自身を追いつめているんです。一方、時代の方も、ただ単に半蔵を追いつめているだけじゃないんですね。半蔵のような人物を生み出し、この人物がこのように追いつめられたということのなかに、古さと新しさとが危ういかたちでからみあった時代の特質があらわになっているように見えます。そういう意味では、時代そのものも追いつめられていると言えなくもないんです。そして、そういう点から見れば、時代と半蔵とには、相応じているものが感じられるんです。時代の子としての半蔵を生み出すだけではなく、彼が時代のなかで孤立してゆくという動きをもはらみながら、互いに応じ合っているような気がする。そしてそのことで、さまざまに入り組んだ時代の全体像が浮かび上がってくるんですよ。

藤村のこういう書き方は本当におもしろいですね。彼は、本質的には、内にこもった閉じた精神の持ち主だと私は思っています。しかし、単に内にこもって他人を拒んでいるわけじゃない。内にこもった精神ではあるけれども、そのことが彼に、他人がそれぞれの心の奥にかかえこんだ、ことばにもならぬものに対する、鋭敏な、ほとんど動物的な感覚を与えているんです。彼が内にこもればこもるほど、彼のなかに、彼を取り巻く人や物が濃密な影を落とすことになる。彼は暗い精神ですが、その暗さが彼に不思議な透視力を与えるんですよ。昔、黒い石を鏡にしたことはご存知でしょう。密度のこまかいある種の黒い石を磨き上げると、鏡のように物を映し出すようになる。藤村はその暗い内面を、黒い石のように磨きに磨いたんですね。彼の暗い内面を動かしているのは、あの、自分のようなものでもどうかして生きたいという呻きのようなことばなんだけれども、この内面を磨きに磨いてゆくうちに、それがはらむ主我的なもののエゴイスティックなものが薄れてゆく。そして、世界全体を、実に鮮やかに映し出すに到るわけで、私はそのことに強く心を動かされたんです。

このような世界のなかで、半蔵は刻々に追いつめられていきます。天皇に自作の和歌を捧げようとしてつかまる。だんだん狂気の症状があらわになってきて、先祖が造った寺に火をつける。これは危いということで、ついには座敷牢に入れられることになる。そういう半蔵の姿が次々と描かれるんだけれども、その場合、藤村は半蔵の内面の描写などしないんです。読者は、そういう半蔵の姿をただ眺めているほかはない。ただ、そうして眺めているうちに、このような半蔵の姿こそ、彼の内面の直截なあらわれだという気がしてくるんです。ここで藤村が、半蔵の内面に立ち入って、その心理や動機などあれこれと分析したり推測したりすれば、われわれはこれほど痛切な思いをもって彼の狂態を眼にすることはないでしょう。

この狂態そのもののなかに、半蔵のもっとも奥深い部分が端的に立ち現われているんです。時代と世間とが彼に課したさまざまな衣裳、本陣の主人とか問屋の主人とか庄屋とかいった衣裳が、それどころか平田国学の信奉者とか神社の宮司とかいった衣裳さえ、次々と欠け落ちてゆく。かくして、彼のもっとも奥深いものが、彼の運命そのもののようにむき出しのかたちで立ち現われる。われわれはただそれを眺めているほかはない。半蔵を取り巻く人びとに対する描き方も同じですね。藤村は、なにひとつあいまいな解説を加えることなく、半蔵の娘おくめの自殺未遂や、それに対する彼の継母おまんやその他の人びとの反応を語ります。その頂点は、おくめが、座敷牢にいる父親に会いに行く場面ですね。半蔵は、紙に「くま」と書いておくめに渡します。渡しながら笑い出します。その泣くような笑いが、泣くような叫びに変わってゆくんです。おくめは、そういう父親を前にして、座敷牢の周りを、なすすべもなくただ廻り歩くほかはない。このくだりを読むと、われわれは、自分自身がおくめに化したような気がしてくるんじゃないでしょうか。私はそうでした。この大長篇を読み進んでこの箇所に到ると、私自身も、おくめと同じように、青山半蔵という、ひとつの運命そのものと化した人物のまわりを、なすすべもなく歩き回るほかはないような気がしてまいりました。これまでさまざまな小説を読んできましたけれども、これはめったに味わうことのない経験なんです。

この小説は、半蔵が亡くなって、人びとが彼の遺体を埋める穴を掘っている場面で終わるんですけれども、このことも私にはたいへん印象的でした。先ほど、藤村の自然描写の美しさ、そのみずみずしさについて申し上げましたけれども、この自然が、この大長篇の幕切れでは、半蔵の遺骸を埋める大地となっているんですよ。人びとの心をやわらげ高める、生命のみなもとであった自然が、人びとが、生命を失い、そこに埋められる場所に変わるんです。自然のこのような変容が、単なる物語の背景ではなく、いわば重要な副主題になっていることもこの小説の特質のひとつでしょうね。たとえば第二章は「山里に春が来ることも遅い」というふうに始まりますが、先の方では「暑い夏が来た」と語られる。そのあとも、自然という主題が、音楽の主題のように、さまざまに転調しながら鳴らされるんです。先ほど、人物が小説のなかで刻々に成長していったと申し上げましたけれども、こういう過程を通じて、自然もまた成長してゆくんですね。刻々にそのひろがりと深さを増してゆき、ますます強く人びとを包む、そして極まるところ、半蔵を埋める大地としての自然にまで成長するんです。このことは、今度『夜明け前』を読み直して、鮮かな印象を受けたことのひとつです。

というわけで、この小説のなかでは、人間も時代も、そして自然も刻々に成長してゆくんです。それらは、互いに強くかかわりあいながら成長してゆき、その動きのなかで、刻々に新たにさまざまなかかわりを結び直している、そしてそのことによって、ちょうど半蔵が、そのもっとも奥深いものをあらわにするに到ったように、他の人物も、時代も、自然も、否応なくその深部をあらわにしてゆく。そしてそれらがひとつに結びついて、「夜明け前」という時代そのものが、全体的に現前するんです。これはなんとも見事なものと言うほかはありません。藤村は苦手だと申し上げながらどうもだんだん話が違ってきたようですけれども、私も、この壇上で少々成長したのかもしれません。

いずれにせよ、この『夜明け前』のような作品を書いた人は、巨大な作家と言うほかはない。たしか正宗白鳥が、明治はやはり藤村だと言っていたと思いますけれども、白鳥のような作家がそう言うのはよくわかるような気がします。ただ、藤村以後の文学に対する彼の影響という点についてはよくわからぬところがありますね。この『夜明け前』のような作品を意識して、そのあとを継いだ作家となると、ちょっと思い浮かばない。もっとも、たとえば野間宏のような作家には、気質的に藤村と相通じるものを感じます。内に閉じた、粘液質な性格、いささかも性急になることなくゆっくりと歩いていって、結局のところ自分を押し通してしまうところ、これはなにか藤村的ですね。また、大江健三郎にも、藤村と結びつけたくなるようなところがある。もちろん作風はまったく違いますけれども、生れ故郷である四国の村に対する異様な執着や、この村のイメージをそのまま世界全体のヴィジョンにまで拡大しようとする志向には、その作風の違いを超えて、藤村と相通じるものが感じられるんです。もっとも、藤村の影響などというものをあまりせっかちに探し求めることはないでしょうね。彼のことばの、このテコでも動かぬような力、それが生み出す否応なく人びとを包み運び去る小説的時間、そのなかで、人も物もおのれの中心へ向かう運動。これらは、思いもかけぬところに根づき、思いもかけぬ花を開く可能性を常にはらんでいるはずです。それを楽しみにしております。

高村光太郎

高村光太郎や宮沢賢治のゆかりの土地ということで、私はこの花巻という町には若年のころから並々ならぬ関心を抱いていたんです。ところがなんとなく来そびれましてね。ここに伺うようになったのは、ごく最近のことなんですよ。一昨年でしたか、宮沢賢治記念館から講演のご依頼を受けて伺いましたが、これが最初。二回目は、そのすぐあと、宮沢清六さんのご葬儀に伺ったときです。今回が三回目なんですが、これまでは二回とも宮沢賢治と結びついていた。そういうわけで、高村山荘や高村光太郎記念館を拝見したのは、今度が初めてなんです。

昨日、花巻に着き、駅からすぐ高村山荘にご案内いただいたんですが、その前に立ってまことに強い感銘を受けました。もちろん、敬愛する文学者や芸術家のゆかりの場所に接するのは、常に心を動かされることですけれども、高村山荘の場合には、そういう例のひとつとして片づけられないようなところがあるんです。東京のアトリエが空襲で焼けたために、光太郎が花巻の宮沢清六さんのもとに身を寄せたのは、敗戦の年の五月のことですが、清六さんのお宅も空襲で被災する。あちこち転々としたのち、十月に、鉱夫の小屋を移築したあの小屋に移り住み、以後七年のあいだあの小屋で暮らすことになるんです。もちろん、あのような時代に、一時の仮りずまいとしてあのようなところで暮らすのは、別に珍しいことではなかった。だけど、七年間というのはただごとじゃありませんね。

光太郎の自己流謫

まったく無名の人間ならいざ知らず、高村光太郎は、詩人としても彫刻家としても高名な存在でした。戦後の社会が多少とも落ち着けば、東京に戻ることもできたはずです。光太郎がそうしなかったのは、たとえば多くの若い人びとが彼の詩集を持って戦場におもむいたという事実が示すような、戦争中の自分自身についての、この人独特の、およそ逃げ場のない自責の念にとらえられていたからなんですよ。だから光太郎のあの小屋での生活は、たとえば隠棲といったものじゃなかった。自己流謫、つまり自分を流刑に処するような行為だったのですよ。しかも、その七年間、光太郎は彫刻をすることもできなかった。なにしろ、あんな小屋ですからね。光太郎がすぐれた詩人であると同時に、天性の彫刻家であったことを思えば、彼が自分に強いたこのような生活はまことにきびしいものであったはずです。

私は、こんなことを思いながらあの小屋の前に立っておりました。それから、特別に中に入れていただいて、当時のままに残された部屋を長いあいだ眺めておりました。すると、光太郎が暮らしていたころと現在とを隔てる六十年近い時間が消え去って、高村光太郎というあの稀有の人物の生活の気配、あの人の表情や仕草、その体臭や息づかい――私は高村さんに一度もお目にかかったことはないんですけれども――そういったものが、実になまなましく甦ってくるような思いをいたしました。

そういう思いに身を委ねながら、私はふと高村光太郎が戦後に書いた、それもこの小屋で書いた「典型」という詩を思い出しました。いや、思い出したというのとはちょっとちがう。それはまるで光太郎が現にそこで読んででもいるような感じで、私のなかに浮かび上がってきたんです。それはこういう詩です。

典型

今日も愚直な雪がふり
小屋はつんぼのやうに黙りこむ。
小屋にゐるのは一つの典型、
一つの愚劣の典型だ。

三代を貫く特殊国の
特殊の倫理に鍛へられて、
内に反逆の鷲の翼を抱きながら
いたましい強引の爪をといで
みづから風切の自力をへし折り、
六十年の鉄の網に蓋はれて、
端坐粛服、
まことをつくして唯一つの倫理に生きた
降りやまぬ雪のやうに愚直な生きもの。
今放たれて翼を伸ばし、
かなしいおのれの真実を見て、
三列の羽さへ失ひ、
眼に暗緑の盲点をちらつかせ、
四方の壁の崩れた廃墟に
それでも静かに息をして
ただ前方の広漠に向ふといふ
さういふ一つの愚劣の典型。

高村光太郎

典型を入れる山の小屋、
小屋を埋める愚直な雪、
雪は降らねばならぬやうに降り、
一切をかぶせて降りに降る。

こういう詩です。感傷的なところもなければ声高なところもない。鋭敏な指先で、ことばのひとつひとつを確かめているような、しっかりとした質感と、奥深いところからゆっくりと身を起こしてくるような内的リズムがあって、これは高村光太郎以外の何者のものでもない。昨日は雪は降っていませんでしたけれども、光太郎の言う「愚直な雪」が降り続けてでもいるような、そういう思いがいたしました。

光太郎は、いまお聴きいただいた詩のなかで「まことをつくして唯一つの倫理に生きた／降りやまぬ雪のやうに愚直な生きもの」と言っていますけれども、あのひとはまさしくそういう人でしたね。これは、単純ということじゃない。ただ、さまざまなものの上っつらを中途半端につまみとって、それらを曖昧な合成物に作り上げるなどという態度は、光太郎とはまったく無縁だったのですよ。あの人は、常に全身的に、常に「愚直」に、対象にその心のいっさいをさらしながら生きました。彼は若いころパリで暮らしており、この経験が彼に決定的な影響を与えていますが、パリに対する態度もそうですね。詩集『道程』に収められた「雨にうたるるカテドラル」という詩は、そういう彼の姿を端的にうかがわせてくれます。「カテドラル」とは、パリの有名なノートル・ダム大聖堂ですが、光太郎自身と思われるひとりの日本人芸術家が、このカテドラルにこんなふうに語りかけるのです。

おう又吹きつのるあめかぜ。
外套の襟を立てて横しぶきのこの雨にぬれながら、
あなたを見上げてゐるのはわたくしです。
毎日一度はきつとここへ来るわたくしです。
あの日本人です。
けさ、
夜明方から急にあれ出した恐ろしい嵐が、
今巴里の果から果を吹きまくつてゐます。

こんなふうに始まったこの「日本人」のことばは、あるいは激しく、あるいは静かに、時には祈りのようになりながら、続けられます。長い詩ですので途中は省きますが、やがてこのように結ばれるのです。

おう雨にうたるるカテドラル。
息をついて吹きつのるあめかぜの急調に
俄然とおろした一瞬の指揮棒、
天空のすべての楽器は混乱して
今そのまはりに旋回する乱舞曲。
おうかかる時黙り返つて聳え立つカテドラル、
嵐になやむ巴里の家家をぢつと見守るカテドラル、
今此処で
あなたの角石《かどいし》に両手をあてて熱い頬《ほ》を
あなたのはだにぴつたり寄せかけてゐる者をぶしつけとお思ひ下さいますな、
酔へる者なるわたくしです。
あの日本人です。

ここには、中途半端な、及び腰のところがまったくありませんね。光太郎は、全身的に、まさしく「愚直」に、この「カテドラル」に対して、それが象徴する「巴里」に、眼と心とを開いているんです。この詩は、彼がパリにいるときに書かれたものではなく、十年ほどあとに書かれたものですけれども、現にその場にいるような生き生きとした息づかいが、そういう彼の思いを伝えています。

もちろん、パリやヨーロッパに酔った日本人は、他にも数多くいたでしょうね。ただそういう日本人にしばしば見られるのは、その陶酔に我を忘れて、つい自分が一種のフランス人でありヨーロッパ人であると思い込んでしまう態度です。ところが光太郎はそういうことにはならない。「酔へる者なるわたくしです。／あの日本人です」と言う光太郎は、「日本人」について、こんな詩も書いているんです。これは「根付の国」という詩で、『道程』に収められています。根付というのはご存知ですね。印籠などに付ける、顔などを彫った木彫です。

頬骨が出て、唇が厚くて、眼が三角で、名人三五郎の彫つた根付《ねつけ》の様な顔をして
魂をぬかれた様にぽかんとして
自分を知らない、こせこせした
命のやすい
見栄坊な
小さく固まつて、納まり返つた
猿の様な、狐の様な、ももんがあの様な、だぼはぜの様な、麦魚《めだか》の様な、鬼瓦の様な、茶碗のかけらの様な日本人

なんとも手きびしいことばですが、ここで光太郎は、フランスやヨーロッパにその身を重ね合わせて、一方的に、日本人を罵倒しているわけじゃないんです。自分のなかにこういう日本人が疑いようもなく生きていることをはっきりと見定めながら、「酔へる者」として、「カテドラル」にその熱い頬を寄せかけているんですよ。光太郎は、戦後になって、「暗愚小伝」と題して、自分の生涯を振り返った一連の詩を書いていますけれども、そのなかの「パリ」という詩で、そのパリでの経験をこんなふうに語っています。

私はパリで大人になつた。
はじめて異性に触れたのもパリ。
はじめて魂の解放を得たのもパリ。
パリは珍しくもないやうな顔をして
人類のどんな種族もうけ入れる。
思考のどんな系譜も拒まない。
美のどんな異質も枯らさない。
良も不良も新も旧も低いも高いも、
凡そ人間の範疇にあるものは同居させ、
必要な事物の自浄作用にあとはまかせる。

パリの魅力は人をつかむ。
人はパリで息がつける。
近代はパリで起り、
美はパリで醇熟し萌芽し、
頭脳の新細胞はパリで生れる。
フランスがフランスを超えて存在する
この底無しの世界の一隅にゐて、
私は時に国籍を忘れた。
故郷は遠く小さくけちくさく、
うるさい田舎のやうだつた。
私はパリではじめて彫刻を悟り、
詩の真実に開眼され、
そこの庶民の一人一人に
文化のいはれをみてとつた。
悲しい思で是非もなく
比べやうもない落差を感じた。
日本の事物国柄の一切を

高村光太郎

なつかしみながら否定した。

こういう詩です。全身全霊をもってパリという町に、またパリがもっとも純粋なかたちで体現するヨーロッパにぶつかっているひとりの若者の、一途で真正直な心の動きが生き生きと浮かび上がってきます。もっとも、近ごろの若い人びとは、パリへ行っても、必ずしもこんなふうには感じないようですね。たしかに、パリへ行っても、公衆電話も自動販売機もしょっちゅうこわれているし、タクシーは、日本のように自動開閉じゃないし、エレベーターも、手動の、なんとも古めかしいものがいくらも残っています。そういう表面的な現象だけ見て、「パリなんてたいしたことないな、東京の方がずっと進んでるよ」などと言っている人びとをよく見かけますが、私はそういう連中の、ヨーロッパについても日本についても、ただの一度だってまじめに考えたことがないような、軽薄な顔つきを眼にすると、苛々せざるをえないのですよ。その点、パリに対する、またヨーロッパに対する光太郎の姿勢には、そういう軽薄なところはまったくありませんね。パリに対する彼の感嘆は、いかにも率直で、全身的なものです。それは、いまのわれわれから見ると、いささか気恥かしいような感じさえする。現在では、よほどのパリ好きでも、こういう手放しの讃嘆を口にすることはないでしょうね。だけどこれは、当時はもちろん、現在でも時としてみられるような、その讃嘆によって自分もパリ人のひとりになったような錯覚にとらえられるということではないのですよ。先ほどの「根付の国」でもわかるように、彼は、自分のなかの日本人を、ある苦痛とともにはっきりと見定めていた。ただ、それによって、あいまいで中途半端な劣等感にとらえられることもないんです。つまり、光太郎は、彼のなかのパリと日本との激しく緊張した共存そのものを生きたと言っていいだろうと思う。

だけど、こんなふうに、自分のなかの両極に触れながら生き続けるのは、なんとも厄介なことです。ひとつまちがえばその均衡が崩れかねない。光太郎の場合、それは、アメリカとの戦争でした。戦後、光太郎は、みずからの生涯を振り返って書いた、「暗愚小伝」のなかに「真珠湾の日」という詩があります。こんな詩です。

宣戦布告よりもさきに聞いたのは
ハワイ辺で戦があつたといふことだ。
つひに太平洋で戦ふのだ。
詔勅をきいて身ぶるひした。
この容易ならぬ瞬間に
私の頭脳はランビキにかけられ、
昨日は遠い昔となり、
遠い昔が今となつた。
天皇あやふし。

ただこの一語が
私の一切を決定した。
子供の時のおぢいさんが、
父が母がそこに居た。
少年の日の家の雲霧が
部屋一ぱいに立ちこめた。
私の耳は祖先の声でみたされ、
陛下が、陛下がと
あへぐ意識は眩《めくるめ》いた。
身をすてるほか今はない。
陛下をまもらう。
詩をすてて詩を書かう。
記録を書かう。
同胞の荒廃を出来れば防がう。
私はその夜木星の大きく光る駒込台で
ただしんけんにさう思ひつめた。

こういう詩を、戦後、彼は深い悔恨とともに書いたのです。以前、この詩や、この詩を含む連作「暗愚小伝」を取り上げてせせら笑う人びとが居りました。たしかに、「天皇あやふし。／ただこの一語が／私の一切を決定した」などという詩句は、それ以前の彼の詩からは予想しえなかったものでしょうね。だけどこれは、光太郎の、パリやヨーロッパへの愛や理解があやふやで表面的なもので、だからこそ、アメリカとの戦争などという大事件にぶつかるともろくも崩壊したというふうに安直に片づけるべきことじゃないでしょう。先ほど、光太郎が、自分のなかのパリと日本という両極に同時に触れながらそのあいだに激しく緊張した均衡を作り上げたと言いましたが、戦争はこの均衡を突き崩したのですね。彼の意志を乗り越えて、「日本」が前面に立ち現われたのでしょう。だけど、この詩をつらぬく、まさしく愚直としか言いようのない、まっすぐで深い心の動きには、心を打たれざるをえないのです。

光太郎にみられる日本近代の悲劇

光太郎という人は、時代の流れに乗って、器用に自分の意見や姿勢を変えることができるような人じゃなかった。「天皇あやふし」という一語が自分のいっさいを決定したという彼の反応は、開戦のニュースをきいて、つい昂奮してわれを忘れたというようなことじゃないんですよ。雨にうたるるカテドラルに全身全霊をもって語りかけたときも、「根付の国」で日本人を手きびしく批判したときも、彼の讃嘆も批判も、けっして上っつらだけのものじゃなかった。それらはすべて、光太郎という存在の根源から発したものでした。そういう彼の姿勢は、ここでも少しも変わってはいないのですよ。妙な言い方ですけれども、そういう光太郎であったからこそ、あの一語が、あのように深く彼のなかに入り込んだとも言えるんじゃないでしょうか。それは、「子供の時のおぢいさん」や、両親や、「少年の日の家の雲霧」や、さらには「祖先の声」など、彼の根幹を形作っているものを生き生きと甦らせるのです。「天皇あやふし」ということばは、そういったものすべての危うさと結びついているのですよ。

とてもこれは、若いころはパリやフランスに夢中になっていた人間が、それによって日本や日本人を軽蔑していた人間が、開戦とともに突然先祖がえりをしたと言って片づけることはできないでしょうね。そういう人なら、あれほど全身的に、それこそ危ういほど全身的に、パリやフランスと向き合わないでしょうし、また、イデオロギーや合言葉ともかかわりなく、あれほど全身的に自分のなかの日本や日本人と結びつくこともなかったでしょう。もっと中途半端に、ふらふらと揺れ動いたでしょうね。その中途半端なありようが、ファナチックな精神状態に導いたかもしれない。だけど、光太郎はそういうこととは無縁なんです。

だが、それにしても、光太郎のような、いかなる権威にも屈することのない強力な単独者が、「天皇あやふし」という一語が危機的なかたちで象徴する「日本」や「日本人」にこんなふうに反応したことは、自然な成行きとして片づけることもできないでしょう。そこには、わが国の近代の文学者や芸術家につきまとうある本質的な悲劇がある。「豚に悲劇はない」と語ったのはたしかニーチェだったと思いますが、光太郎のような人であったからこそ、この悲劇が、あのような緊迫したかたちで、全体的に立ち現われたと言っていいでしょう。ヨーロッパにおける近代的自我は、長い時間のなかで、ゆっくりと堅固に刻み上げられてきたのですが、わが国の場合、その形成は、ひとりひとりのなかで、きわめて孤立したかたちで行なわれざるをえなかった。そのようにして形成された自我が、なんらかの危機に直面したとき、それを無意識のうちに支えていたものが身を起こしてくるのですよ。それは人によってさまざまだし、またその度合いも人によってさまざまでしょうが、光太郎においては、その個性の強さそのもののせいで、あのようなことになったのです。

『道程』という詩集の後半に、一連の詩が「猛獣篇」という名前でまとめられていますが、これらの詩はいかにも光太郎らしいですね。それらで彼は、「傷をなめる獅子」や「狂奔する牛」や「森のゴリラ」や「マント狒狒」などをうたっていますが、どの詩にも、ちんまりと日常の生活のなかに収まりきらぬ光太郎の個性が生き生きと立ち現われています。たとえば「傷をなめる獅子」はこんなふうにうたわれています。

獅子は傷をなめてゐる。

どこかしらない
ぼうぼうたる
宇宙の底に露出して、
ぎらぎら、ぎらぎら、ぎらぎら、
遠近も無い丹砂の海の片隅、

「猛獣篇」の他の詩も、もちろんそれぞれおもむきを異にしてはいますけれども、イメージの質は共通しています。
そしてそういう光太郎が同時に、お母さんをうたったこんな詩を書いているんですよ。

夜中に目をさましてかじりついた
あのむつとするふところの中のお乳。
「阿父《おとう》さんと阿母《おかあ》さんとどつちが好き」と
夕暮の背中の上でよくきかれたあの路次口。
鑿で怪我をしたおれのうしろから

切火《きりび》をうつて学校へ出してくれたあの朝。
酔ひしれて帰つて来たアトリエに
金釘流《かなくぎりう》のあの手紙が待つてゐた巴里の一夜。

立身出世しないおれをいつまでも信じきり、
自分の一生の望もすてたあの凹んだ眼。

やつとおれのうちの上り段をあがり、
おれの太い腕に抱かれたがつたあの小さなからだ。

さうして今死なうといふ時の、
あの思ひがけない権威ある変貌。

母を思ひ出すとおれは愚にかへり、
人生の底がぬけて
怖いものがなくなる。

高村光太郎

どんな事があらうともみんな
死んだ母が知つてるやうな気がする。

「母をおもふ」という詩です。「猛獣篇」の激越な諸詩篇とこういう詩の共存、これが、光太郎という精神の複雑な劇を示しています。そしてこのことが、彼のなかでは、パリやフランスへの感嘆と「天皇あやふし」という一語が惹き起こすものとの共存と、相応じていると思うのですよ。もちろん、こういった事態は光太郎に限られたことじゃない。他の人びとにもさまざまなかたちで起こりえたわけですが、彼は、それがはらむものを、おそろしく真正直に、その大きな精神と大きな身体の全体で引き受けたのです。

草野心平の光太郎批評

光太郎のこのような特質を、草野心平は初対面のときから、はっきりと見抜いたようですね。彼がはじめて光太郎と会ったのは、反日運動の激化のために、留学していた中国から戻った大正十四年の末のことです。当時光太郎のモデルをしていた黄瀛という中国人の詩人に誘われて光太郎のアトリエを訪ねたのですが、たちまち彼は、光太郎の無類の人格に惹きつけられた。当時、光太郎は四十三歳、心平は二十三歳でしたが、以後彼らの深いまじわりは、昭和三十一年、光太郎が世を去るまで、三十一年のあいだ、いささかも変わることなく続くのです。

草野心平は、のちに光太郎についてこんなふうに語っています。

「光太郎は並みはずれて大きな手と大きな足と日本人としては、とくに明治生まれの人としては、やはり並みはずれて大きくて堅い肉体をもっていた。しかしそれだけでは大きな図体の人であってても巨人とは言えない。けれども光太郎は巨人ということばが実にピッタリの人であった。ちゃちでない、しみったれでない、自己本位でない、神経質でない、そしてよく神経がとおって、こせつかずおおどかで、一瞬で鋭く見抜く眼をもっていながら露骨ではなく、独り孤高の座にいながら孤独がらず、進んでみずからを語らず、己れは金銭にパンクチュアルでありながら他の放漫を責めず、最高とむしろ最低の道をえらび、茫洋として未来を望み、己れには頑固で他には適度にゆるやかで、緻密でありながら無際限だった。巨人と言われるのにふさわしい人物は世の中に相当いるにはちがいないが、私がじかに接し得た巨人は高村光太郎ひとりだった。」

実にいい批評ですねえ。草野心平というと、なんとなく茫洋とした人物を連想しがちですけれども、あの人は、本質的な意味ですばらしい批評家なんですよ。いまお聞きいただいた評言からも、それはおわかりいただけると思う。光太郎を、ただ「巨人」としてあがめているんじゃないんです。その「巨人」を形作る具体的な細部を、実に正確に見つめている。しかも、そういう細部を、ただ次々と指摘しているだけじゃない。それらの細部を連ねるに応じて、強力でしかも織細な光太郎という「巨人」の全体が、生き生きと浮かび上がってくるんです。これはたいへんな力量ですよ。

もちろん心平は、光太郎のこういう人柄ばかりではなくその詩作品にもただちに心を奪われています。大正十五年の九月というと、彼がはじめて光太郎に会ってからまだ一年もたっていないころですが、ある雑誌で、「詩壇の大家の殆どことごとくが『日本的』に傾斜している中で、背中を向けた逆流が一つある。高村光太郎氏がそれだ」と言ったうえで、詩人としての光太郎をこんなふうに評しています。

「魂の奥底から湧き上る強力なローマンティシズム――その野獣的なドウモウな悲劇、鉄のような頑丈な愛、日本のこの太い動脈のタクトは吾々に健康と勇敢とを教えてる。氏の『額の皺には雷獣』がいる。その血管には鱶がいる。氏の熱情は年齢に反比例して増大するの感がある。むしろ、氏の将来に障害よあれ！　安心してそう言える気持は愉快だ。」

こんなふうに書いているんですが、これもいかにも草野心平らしい批評ですね。彼は、彼が光太郎のうちに認めたものと同じような「一瞬で鋭く見抜く眼」で、光太郎の詩の本質を一挙に見抜いています。そして、その発見のひとつひとつのなかに、草野心平その人が全身的に立ち現われているんですよ。こういう心平の批評の動きはまことに独特のもので、まったく無名であった宮沢賢治を衆に先んじて発見したのもこのような彼の批評の力のせいなんです。しかもその評価には、いささかもあいまいな及び腰のところはない。発見後まだ間もないころ、彼はある雑誌で、

「現在の日本の詩壇で天才と言いうるのは宮沢賢治ただ一人である」と言っていますが、これはなかなか言えないことですよ。こういう場合、まずたいていは、「なかなかおもしろい」とか「今後が期待される」とか言ってお茶を濁すものです。こんな思い切ったことを言ってそれがまったく見当外れだったりすれば、自分の批評眼を疑われますからね。ところが、草野心平はこういうことを断言してはばからない。もちろん、その断言が間違っていたら話にならないけれども、草野心平は間違わないんですね。賢治のほかにも、村山槐多や八木重吉に対しても、一読してはっきりその価値を見抜いているんです。あるとき、萩原朔太郎が草野さんに「三好達治君は詩人だけれども草野君は批評家だね」と言ったそうですが、この話はおもしろい。ふつうに言う批評家とはおよそそのおもむきを異にしているけれども、対象の本質を、観念や世評にまどわされることなく一挙に見抜いて、それを端的に、かつ正確に言語化するという点では、草野心平は、真の意味での批評家であると言っていいだろうと思います。

心平の光太郎批評には、彼のそういう批評性があますところなく生かされています。それは光太郎と相通じるところだけにうかがわれるわけじゃないんですよ。彼は、光太郎の詩をつらぬく「倫理性」について、こんなふうに言うんです。

「観念や倫理の詩が詩として存在を主張し得るためには何よりもまず詩でなければいけない。そうでなければ倫理であってもどんな新しい観念であっても詩としては凡そ無意義である。倫理を材木を囓るような味気なさでなく新鮮な味覚として人々に提供するために詩がある。倫理を詩にして倫理でなく人々の心にいつのまにか這入りこますようなそんな倫理の詩を書き得るのは、自分の寡見の範囲では高村光太郎氏一人しかない。」

この文章が書かれたのは昭和十三年のことですから、先ほどお聞きいただいた光太郎評からかなり時がたっていますが、そのあいだに心平の批評はさらにしなやかな、さらに成熟したものになっています。心平は、もちろん倫理性と無関係じゃないけれども、光太郎が倫理的詩人と呼ばれるような意味では倫理的とは言えないでしょうね。その心平が、光太郎の倫理性をこんなふうにとらえていることは、彼の批評のひろがりと柔軟さを示していると言っていいでしょう。心平は、同じ文章の少しあとの方で、こんなことも書いています。

「高村光太郎は明治の洋服を着て登場した。それから大正、昭和とまたがって生きている。現在明治の洋服をきているのは北原白秋と高村光太郎だけである。ほかの人達は裏返ししてボタンホールを右の方につけていたり、その服を後生大事に簞笥《たんす》の中にしまってしまったり、たまには違った運動場でラジオ体操をやったりしている。この二人だけが明治の洋服でズウズウしく歩いているのである。」

「明治の洋服」という言いかたはおもしろいですね。その「明治の洋服」を着て「ズウズウしく歩いている」という言いかたも、光太郎の生きかた考えかたを、光太郎に寄りそうようにして的確にとらえています。心平のこういったさまざまな光太郎評を通じて、光太郎の人間と詩の全体が実に生き生きと浮かび上がってくるのですよ。

光太郎から心平へ

この動きは、心平から光太郎へと向かうだけじゃない。光太郎から心平へも向かっています。草野心平の『第百階級』が出版されたのは昭和三年のことですが、高村光太郎がそれに書いている序文は、これまた見事な草野心平論になっています。そこで光太郎は、「詩人とは特権ではない。不可避である。詩人草野心平の存在は、不可避の存在に過ぎない」と言います。また、心平の「蛙」について、「彼の蛙は歌わない。彼は蛙に象徴を見ない」と言い、それからこんなふうに言うんです。

「彼は蛙でもある。蛙は彼でもある。しかし又そのどちらでもない。それになり切る程通俗ではない。又なり切らない程疎懶ではない。真実はもつとはなれたところに炯々として立ってゐる。このどしんとはなれたものが彼にとつての不可避である。其れが致命的に牽く。」

いいですねえ。光太郎の大きくて鋭敏な手で、心平の本質がしっかりとつかまれているように感じられます。一方、昭和十六年に菊岡久利という詩人にあてた手紙では、心平の人柄についてこんなふうに語っているんですよ。

「あなたと小生との共通の友である草野心平君はお言葉の通りまことに得がたい人物です。けちなところの少しもない、微妙なところのよくわかる、ものの判断の確かな、そして愛に満ちた人物です。」

このことばもいいですね。先ほどお聞きいただいた光太郎の人柄についての心平のことばと響き合っているようなところがありますね。そういうことから、光太郎と心平との長きにわたる深く強い結びつきをつらぬいているものがよくわかるのですよ。これは、心平が、詩作の方法やスタイルのうえで光太郎から強い影響を受けたということじゃない。もちろん、さまざまな示唆は受けたでしょうけれども、そういうことよりも、彼が、光太郎によって、詩人という存在の意味を身をもって教えられたということが重要なのです。先ほど、光太郎が「詩人草野心平の存在は、不可避の存在に過ぎない」と言っていると申し上げましたが、光太郎がこんなふうに言うのは、実は、心平に対してだけじゃないんですよ。宮沢賢治についてもこんなふうに述べています。

「彼こそ、僅かにポエムを書く故にポエトである類の詩人ではない。そして斯る人種をこそ、われわれは長い間日本から生れる事を望んでゐたのである。ギヨオテが『詩人』であると同様の意味で彼は『詩人』である。日本文学史の上に彼のもつ新しい意義の重点を私は此所に置く。」

こんなふうに言っているんですが、つまり光太郎にとっては、心平と同様、賢治も「不可避の存在」だったわけですよ。そして草野心平は、光太郎のこのような賢治評を引用したあとで、「賢治が逆にそれと同じことを光太郎に就いて書いたとしても変ではない。光太郎もまた『ポエムを書く故にポエトである類の詩人ではない』からである」と言っているんですが、私もそう思います。つまり、光太郎と賢治と心平は「不可避の存在」ということでひとつに結びついているんです。光太郎は心平とは身近で親しく接しましたが、賢治とは、訪ねて来た賢治と玄関先で一度立ち話をしただけでした。また、心平は、賢治とあのように深くかかわりながら、結局、一度も会うことはありませんでした。そういう三人がこういうかたちで結びついたのですよ。もちろん、同じく「不可避の存在」ではあっても、そのありようはそれぞれ異っています。また、光太郎が、詩のスタイルや技法のうえで、賢治や心平に、影響を与えたとも思われません。だけど、この三人には、文学史上の影響関係を超えて、深く響き合うものがある。光太郎は、もっとも本質的な意味で倫理的詩人と言っていいでしょうし、賢治は、これまたもっとも本質的な意味で宗教的詩人と言っていいかもしれません。一方、心平には、いわば生の詩人と言いたいようなところがある。この三人について考えることは、われわれを、わが国の詩がはらむ根源的な問題へ導いてくれるのです。

富永太郎——二十四年の生涯

二高時代——帰郷

私が富永太郎という存在を知ったのは昭和十七、八年頃ですが、あの頃は彼の名前はこんなに一般的じゃなかった。彼の詩はもちろん、彼の名前さえ、ごく限られた人たちにしか知られていませんでしたね。私が知ったのも、たまたま、小林秀雄が昭和五年に書いた二つ目のランボー論を読んだからなんです。そのなかで小林秀雄は、自分には群集が必要であったと詩に歌うために死病にとりつかれた身でありながら群集のあいだをのたくり歩く、ヴェルレーヌが素描したランボーにそっくりの富永太郎を語っているんですが、これが実に印象的でした。どういう詩を書く人だろうとおおいに好奇心をそそられたけれども、戦争中の中学生に簡単に彼の詩集を手に入れることはできない。それに第一、彼の詩集なるものがあるのかどうかということさえ知らなかったんですよ。実際は、昭和二年に私家版の詩集が出ていましたし、昭和十六年には、ほぼそれに準じた筑摩書房版の『富永太郎詩集』が出ていたんですけどね。

というわけで、富永太郎とのかかわりはそれ以上深まることはなかったんですが、戦後まだ間もない昭和二十二年に小林秀雄が雑誌に発表した『ランボオの問題』という評論で、また富永太郎に出会いました。これは小林秀雄の三つ目のランボー論ですが、そのなかで彼は、友人の富永太郎の、死を間近にした姿を描いているんです。これは、若くして世を去った友人に対する痛切な想いと正確な理解につらぬかれた文章でしてね、記憶のなかの富永太郎のイメージがあざやかによみがえりました。単によみがえっただけじゃなく、私のなかにさらに深く入りこみ、そこでなまなましく生き始めたようなんです。私の心のこういう動きに相応ずるように、二年後の昭和二十四年に創元社版の『富永太郎詩集』が出ましてね、もちろんさっそく読みました。このときはじめて彼の詩に接したんですが、ほんとうにびっくりした。大正末期にこんな詩人がいたのかと思いました。彼は二十四歳で世を去ったのですが、ボードレール、マラルメ、ランボーなど、いわゆるフランス象徴詩の詩法を血肉化したうえで、すみずみまで知的に武装した、彼以外のなにものでもない、実に独特の世界を作り上げているんです。強く心を動かされ、現在まで愛読しています。

富永太郎は一九〇一（明治三十四）年五月四日、鉄道員の役人だった富永謙治の長男として東京に生まれています。やがて、府立一中、現在の日比谷高校に入ります。小林秀雄は一級下だったけれども、当時は交遊はなかったようですね。次いで、仙台の旧制二高の理科乙類に入るんですが、この選択はなかなかおもしろい。理科の乙類というのは、ふつう、医学とか生物学とかを志す人びとが選ぶコースなんです。富永太郎なら当然文科を選ぶだろうと思うんだけれども、そうはしないんですね。このことについて、大岡昇平は「人生の意義を究めるのには、生物学を学んで基礎を作りたい」という、父親が伝える富永太郎のことばを引いています。そして、ここには「日本における初期ベルグソニスムの流行と何等かの関係があるかも知れない」と言っていますが、それは充分考えられることです。だけど、そういうこと以前に、ここには、富永太郎の資質そのものの現われがあるような気がします。彼は、詩人になるか画家になるか迷うほど絵が好きになるのですが、あいまいに浮遊する感情の動きより先にまず明確な形を求めるところが彼にはある。こういう彼の好みが、理科乙類という選択にも影を落としているのかもしれませんね。

とにかくこういうわけで仙台にやって来るんですが、そこでの彼は理科乙類への志向をそのまま推し進めてはいないようです。ショーペンハウエルやニーチェの哲学、ボードレールの詩などに、強い興味を示し始めています。ショーペンハウエルやニーチェを読むことは、文科であると理科であるとを問わず、当時の旧制高校生にとってごく一般的な教養だったんですけれども、彼の場合はその一例と言うだけでは片づかぬところがあるようですね。翌年の八月、彼は最初の詩作とされる「深夜の道士」を書いていますが、日夏耿之介ふうの「荘重体」で書かれたこの詩にはショーペンハウエル的なペシミスムがしみとおっていて、彼にとってショーペンハウエルが単なる知識の対象ではないことがわかるんですよ。だけど、彼にとってショーペンハウエルとのかかわりよりもはるかに重要だったのは、ボードレールの発見だったようです。まだフランス語を習い始めたばかりの頃からすでに、英訳に頼りながらボードレールの散文詩の翻訳を試みており、その後、フランス語が上達するにつれて、フランス語から何篇か訳しています。なかなか見事な出来ばえで彼の語学的才能をうかがうに足りるのですが、実はそれだけじゃない。たまたまボードレールに興味を覚えたという程度のことではなくて、ボードレールの発見が、自分自身の個性の本質の発見にそのまま通じているようなところがあるんです。そして、翻訳という具体的な行為を通じて、ボードレールに親しんだことで、この結びつきにしっかりとした裏打ちを与えたように思われます。

こんなふうにして彼は、文学の世界に、とりわけ詩の世界にのめりこんでいくのですが、一方、実生活においても、自分という人間の本質に向かいあわざるをえないような事件が起こります。あるお医者さんの奥さんとの恋愛事件なんです。恋愛といっても肉体関係があったわけじゃないんですけどね。このことは程なく夫の知るところとなり、ふたりのかかわりは二ヶ月ほどで終わります。それればかりか、このことが原因となって、二高を退学して東京に戻らざるをえなくなるんです。まだ姦通罪があった時代ですからいまとはかなり様子がちがうでしょうが、文学青年が年上の人妻に想いを寄せたが結局その想いを果たせなかったなどということは、その当時だってよくあったことでしょう。だけど富永太郎にとってはこれはたいへんな打撃だったようですね。このそれは時とともに次第にその傷が薄れてゆく若気のあやまちなどというものじゃなかった。この失われた恋人のイメージは、さまざまに変容しながら生涯にわたって彼のなかで生きつづけるんですよ。

東京へ戻った彼は一高を受験しますが、これは失敗。東京外国語学校のフランス語科へ入ります。一高を受けたのは官学に入ってほしいという両親の意向に従ったということのようですが、それに失敗したことで、彼は、世俗的な成功とは異なる道へ強く押しやられることになったのかもしれません。まもなくひどい不眠症にかかってほとんど学校には出なくなり、出席日数不足のために落第することにもなるんですが、文学には真正面から立ち向かい始めるんです。ボードレールにはますます深入りしていきますが、ほかの人や作品に対しても旺盛な好奇心を示していきます。ただ、彼は受け身のかたちでそれらに接しているわけじゃない。彼の当時の手紙を読んで驚くのは、彼が読むもの見るもののひとつひとつに対して、実に的確で個性的な評価と判断を下している点です。時として性急な感じがするほど、自分にとって本質的なものにいっさいを集中しているんですよ。

当然、彼の詩も、初期の日夏耿之介ふうのスタイルから脱して、彼独特のスタイルが一挙にあらわになってきます。精妙な分析的理知と微妙な官能性がさまざまに変容しながらからみあって、彼にとって本質的な方向へと向かっていくんです。もちろん、試行錯誤めいた作品や妙に調子の低い作品はありますけれども、二十歳を過ぎたばかりという年齢を思えば、彼の自己認識の純度と正確さは驚くべきものといっていいでしょう。いまひとつ着目すべき点は、それらに一貫して感じられる強い視覚性です。これは、彼が詩を書く一方で熱心に油絵を試みていることとも結びついていて、彼はまだ詩と絵画とのあいだで迷っているようなところさえ感じられるんですよ。

上海渡航

ここでひとつ事件が起こります。大正十二年の十一月に試みた上海旅行です。上海という選択はべつに特別のものじゃなかった。少し前に谷崎も芥川も出かけていますから、富永太郎も親しい感じをもっていたんでしょうね。彼の個人的な動機として、大岡昇平は「国際都市上海の頽廃は、肉体と心のエキゾチックな解放の場所と映ったらしい」と述べていますが、たぶんそういうようなことだったのでしょう。ちょうどお父さんが職を辞したばかりの頃で富永家は経済的に苦しくなっていたのですが、にもかかわらず長男のこういうわがままな願いを許したのは、大岡昇平も言っているように、仙台での事件が彼に与えた深い心の傷をあわれに思ったためでしょうね。彼は生活費ぐらいは向うでかせぐなどと言っていたようですが、もちろんそんなことができるはずはない。上海日々新聞の社長の好意で食事はただで食べさせてもらえましたが、生活は立ちません。結局、上海の裏町をふらふらしただけで、翌年の一月末には帰国せざるをえないことになるんです。だけど、この二ヶ月あまりの上海生活は、そこで見た人びとや物や風景は、彼のなかに深く刻みこまれ、彼の思考や感覚を鋭く刺激したようですね。もっとも彼が上海で得たのはそういうものばかりじゃない。やがて彼の命を奪うことになった結核菌も、このとき背負いこんだんじゃないかとも言われています。

詩のスタイルの確立、その死

上海から戻った富永太郎は、以前にもまして絵に熱中しはじめます。上海で受けた強い視覚的刺激がその原因のひとつになったんでしょうね。絵画のほうへずいぶん心が傾いているようですが、それがはっきりとした道を示してくれたわけじゃない。その頃の手紙のなかの「まことに五里霧中だ。ヨーロッパがわからない。日本がわからない。色彩がわからない。面がわからない。絵と詩の境界線さへわからないんだ」ということばからもそれはわかります。一中時代に一級下だった小林秀雄と親しくつきあうようになったことや、まだ中学生だった中原中也を識ったことなどがきっかけになって、詩もまた彼のなかで強い力をふるい始めたんです。つまり、絵画と詩との双方がともに彼のなかで活性化され、それが新たな結合を求めたと言っていいだろうと思う。その結実が、十月の末に書かれた「秋の悲歎」ですが、これは見事な作品ですね。いま引用した手紙が示しているような意識と感覚の混乱と動揺の激しさに加うるに、この月に最初の喀血を起こしており、混乱と動揺は、彼の存在そのものとかかわるようになった。こういう混乱のなかで改めて自分自身をつかみ直して立て直そうという全身的な思考が、そのまま、この詩の強い凝集力につらぬかれた、だけど不思議に透明な姿を生み出しているんですね。ここには富永太郎という個性が全体的に立ち現われているように思われます。

このようにしてそのスタイルを確立した富永太郎は、以後、「鳥獣剝製所」「断片」「遺産分配書」といった傑作を次々と書きます。そこには以前からのボードレールの強い影響のほかにランボーの影響が加わりますが、いずれも、富永太郎独特のスタイルのなかに溶かしこまれ、見事な表現が成就されているんです。その間にも彼の病状は急速に悪化しますが、彼はおとなしく床についているような人間じゃなかった。小林秀雄は、彼が「肺を患つて海辺に閉込められたが、『私には群集が必要であつた』と詩に歌ひたいばつかりに、直ぐ逃げ帰つて来た」と書いていますが、これでは病は重くなるばかりでしょう。五月にはほとんど寝たきりの状態になり、十月二十五日には致命的な大喀血を起こします。十一月十二日の午後、世を去るんです。二十四歳でした。「秋の悲歎」を書いたときから数えれば一年ほどの時間にすぎませんが、その間に彼は驚くべき速度でその詩を純化し、成熟させました。かくして生まれた『富永太郎詩集』は、いまなお、われわれに衝撃を与えつづけているんです。以上が、彼の生涯と仕事のおおよその流れです。

中原中也雑感

詩人たちの朗読

いましがた、中学生や高校生の皆さんによる中也の詩の朗読を聞かせていただいて、たいへん楽しかった。なるほどいまの若い方々は、こういう詩句にこんなふうに反応するんだなと感じさせるところもあって、興味深く聞いていたんですが、聞いていて思い出したことがあるんです。もう二十数年前のことになりますが、あるレコード会社に頼まれて、宗左近さんとふたりで、現代詩人三十人ほどの自作朗読のレコードの監修をしたんです。監修者としての責任がありますから大半の朗読の録音に立ち会ったんですが、あれはおもしろい経験でしたね。

朗読というものは不思議なもので、活字で読んでいるだけでは気がつかなかったものが聞こえてくる。高橋新吉さんにも読んでいただきましたが、あの方はおさないころ寺にいてお経で鍛えているから、低くてよく響く実にいい声をしていらっしゃる。そういう声で、あの有名な「皿」

などという詩を、「皿、皿、皿、皿……」といったふうに朗々と読まれると、これはなかなか魅力的でしたね。草野心平さんの朗読もよかった。かすかに福島なまりが混ざったあの独特のしゃがれ声で、ことばをひとつひとつ確かめるようにゆっくりと読み進んでゆくんだけれども、これがいいんですね。ただ淡々と読んでいるだけなのに、ことばのひとつひとつが、草野さんを超えたものと響き合っているような気がしてくる。

その他、どの詩人の朗読も、うまいにせよへたくそにせよ、それぞれの個性がはっきり出ていておもしろかったんだけれども、なかでもとくに印象的だったのは――これはうまかったと言うんじゃないんですよ、うまかったわけじゃないけれども強い驚きのようなものを感じたのは、当時まだご存命だった吉田一穂さんの朗読です。皆さんよくご存知のように、吉田一穂さんは、感傷的なロマン主義を拭い去って、鋭く結晶した堅固な詩を書いた詩人です。ですから、吉田さんの朗読も、妙な調子をつけない、乾いた、無愛想な、だけどそれによってことばの結晶度がよくわかるような朗読だろうと想像していたんです。ところが、いざ聴いてみるとそうじゃないんですね。詩の朗読と言うよりも、「歌会始」で聴く和歌の朗誦を連想させるような奇妙な節をつけた、いわば明治浪漫派ふうの朗読なんです。吉田さんの、たとえば、「あゝ麗はしい距離《ディスタンス》、／つねに遠のいてゆく風景」といった詩句がそんな調子で朗読されるのを聴いて、私はほとんど呆気にとられました。吉田さんがこの詩を書かれた大正末期には、詩の朗読などということが現在のように一般的ではなかったという事情もあるんでしょうけれども、吉田さんより六歳年上の堀口大學さんは、ごく自然で平明な口調で、実にうまい朗読をなさった。先ほど触れた草野心平も、吉田さんより五歳年下にすぎないんですよ。吉田さんの朗読のあのスタイルは、吉田一穂という詩人の、人びとがあまり触れないある特質を示しているような気がします。だけど、それは、吉田一穂に限らず、わが国の近代詩人一般に課せられたある危うさをはらんだ条件を示しているようです。吉田さんはそれを、少々どぎつい形で体現しているんですね。

それで思い出したんだけれども、昔、アンドレ・ブルトンという、シュルレアリストの親玉格の詩人が『自由なる結合』(UNION LIBRE)という一九三一年に書いた自作の詩を朗読しているレコードを聴いたことがあるんです。ご承知のように、シュルレアリスムの詩人たちは、伝統的なシンタックスやイメージを大胆に破壊した連中です。ですから当然、ブルトンの朗読も、さぞ乱暴な、あるいは叫ぶような、あるいはことばをひとつひとつ無雑作に放り出すような代物だろうと予想していたんですよ。ところが、聴いてみると、あにはからんや、コメディ・フランセーズの悲劇俳優のような朗々たる雄弁調なんですよ。驚きましたね。私のなかでは、シュルレアリスムと雄弁調とは、どうにも結びつかなかった。いっしょに聴いたフランス人に、「君はこういう朗読はおかしいとは思わないのか」ときいたら、不思議そうな顔をしてね、「どうしてだい、とてもいいじゃないか」と言うんです。そのとき思ったんだけれども、たぶんこれは、あのようにフランスの詩のシンタックスその他を思い切ってぶちこわしたシュルレアリストたちでさえ、彼らのなかには、フランス語の持続についての生き生きとした信頼があるせいじゃないかと思う。

そういう信頼感があるからこそ、あれほど思い切って破壊に身を委ねることができたんじゃないかという気もするんです。いかに破壊しても、フランス語は、その破壊のなかから、破壊そのものを糧としながら甦り、新たな有機体を形作りながら持続するだろうということに対する、ほとんど楽天的と言っていいような信頼があるんですね、きっと。ブルトンの、雄弁調ではあるけれどもけっして空疎ではない、ことばのひとつひとつを愛撫するような朗読は、私にそういったものを感じさせるんです。

中也の「声」との出会い

肝心の中也をそっちのけにして朗読の話ばかりしていると思われただろうけれども、実は必ずしもそういうわけじゃない。最初に申し上げた自作朗読のレコードを作ったとき、現在の詩人たちばかりじゃなく、もう亡くなった何人かの詩人の詩も誰かに読んでもらおうということになったんです。それで、草野心平さんに宮沢賢治を、山本太郎さんに逸見猶吉を、清岡卓行さんに三好達治をお願いしました。それから朔太郎の詩は、お孫さんの萩原朔美さんに読んでもらったんです。そのとき、監修者も何か読めということになりましてね。驚くなかれ、私が、中也の詩を五、六篇読んでいるんです。中也の詩は若年のころから、かなりの数をそらんじるほど愛読していましたから、ブツブツ言いながらも結局引き受けることになりました。皆さん、きっとへたくそだろうと思っていらっしゃるだろうけれども、これが案外うまくてね（笑）。作曲家の林光さんが、たしか読売新聞でほめてくれましたよ……。まだ信用していらっしゃらないようだな（笑）。

私の朗読がうまかったにせよへたくそだったにせよ、これは私にとって、まことに刺激的な経験でしたね。朗読してみると、中也の詩が、他の詩人たちよりもはるかに深く「声」と結びついていることがわかってきた。以前、草野心平さんからうかがったんですが、草野さんは、中也があの有名な「サーカス」という詩を読むのをお聴きになったことがある。それで、そのときの中也の朗読を真似て読んでくださったんですが、これはめっぽうおもしろかったな。あの独特のしゃがれ声で、なにか歌うような嘆くような口調で例の「ゆあーん　ゆよーん　ゆやゆよん」という詩句を読むのを聴いていると、その声を通して、中也という詩人の全体が実に生き生きと浮かび上がってくるんですよ。草野さんの声と中也の声がこんなふうに響き合うわけで、こんな詩人はめったにいませんね。

私が中也の詩に出会ったのは、戦争末期に読んだ『在りし日の歌』によってです。友人に借りて読んだんだけれども、なんと不思議な詩人だろうと思いました。それ以前から詩を読むのは好きでしたから、光太郎や朔太郎をよく読んでおりました。たまたま三好達治の『測量船』を読んで感心したこともある。ただ、中也の場合は、それらとはちょっと様子がちがうんですよ。何気なく読み始めたんだけれども、詩のひとつひとつが、ことばのひとつひとつが、実にしなやかに、だけどどうにも抵抗のしようのない力で私のなかに入り込んでくるんです。入り込んできて、感心するとか感動するとかいうことより先に、なんと言うんでしょうねえ、私の心と感受性を染め上げてしまうんですよ。この感染力はなんともすごいと言うほかはない。読み終わって驚いたんですが、別に覚えようとしたわけではないのに、かなりの数の詩をそらんじていましたね。

もちろん、これは、中也の詩には「詩」と言うよりも「歌」と言った方がいいようなところがあって、覚えやすいということもあるでしょうね。だけど、それだけで、中也の場合のようなことが起こるとは限らない。「歌」のような詩を書く人は他にもいるでしょうけれども、まずたいてい、耳に快いだけで、私に対して、中也の詩のような強い感染力をふるうことはないのですよ。詩句の切れっぱしは記憶に残るでしょうけれども、詩の全体が、ある濃密な持続として私のなかに居すわるというようなことにはならなかった。そんなふうにして入り込んできて、私の意識の生まれてくる部分、私の感覚や感情の生まれてくる部分を染め上げてしまうんです。あんなふうにそらんじてしまったのはそのためでしょうけれども、当時はそれが不思議で仕方がなかったですね。なぜこんなに、たちまちそらんじてしまうんだろう、なぜこの人のことばは、こんなふうに、ある力として、ある感染力として、私を染め上げてしまうんだろう。それが本当に不思議だった。

先ほど、草野心平さんが中也の読み方を真似て、「サーカス」を読んでくださったという話をしました。その朗読によって中也の声と草野さんの声とが響き合ったというようなことを申し上げましたが、朗読というかたちをとらなくても、ふつうに黙読するだけでも、中也の詩を読むとには、中也の「声」と、それによって引き出されたわれわれの奥深い声とが響き合うということになるんですね。それによって、中也と読み手のあいだに濃密な関係ができあがるんですよ。今日、ここにおいでになっている方々は、皆さん中也の詩がたいへんお好きなんでしょうね。そういう中也に対する共通の愛情が皆さんを結びつけているんでしょう。だけど同時に皆さんは、どこか心の奥の方で、自分以外に中也が好きな人間がいるのは気に喰わないと思っていらっしゃるんじゃないか（笑）。時には自分でも気がつかぬかたちでね。これは、皆さんそれぞれの、中也の「声」との出会いのせいだろうと思う。

中也の韻律

実は私は、今回はじめて湯田に参りました。何度か来る機会はあったのですが、そのたびに差支えが生じて今回になりました。小郡の駅から車で来たんですが、湯田の町に近づくにつれて、窓外の風景そのもののなかから、中也という存在そのものが、油然と浮かび上がってきたんです。そらんじている彼の詩が、まるで彼自身が読んででもいるように――私は彼の声を聴いたことはないんですよ、にもかかわらず彼の声としか思われぬ声で聞こえてきたんです。これはなんとも不思議な、妖しい感触でした。

それで思い出したんですが、大岡昇平さんが『中原中也伝——序章「揺籠」』という文章を書いていらっしゃる。これは大岡さんがその後延々と書き続けることになる厖大な中原伝、中原論のまさしく「序章」と言うべきものですが、それを大岡さんは、昭和二十二年に湯田を訪ねたときの印象で始めている。中也の家に近づくにしたがって、だんだん気持がたかぶってくる。そして中也の顔が生き生きと浮かんでくるんですね。あれは、たいへん感動的な文章でした。私は、大岡さんのように中也の友人じゃないし、争うことの多かった交友があったわけでもない。単なる一愛読者にすぎません。そういう私が湯田を訪れて、もちろん大岡さんのように激しくも全身的なものでもありませんけれども、単に好きな詩人の故郷を訪れたというだけでは片づかぬほど、どこか大岡さんと相通じるものが感じられるほど強く心を動かされたのは、われながら不思議な気がします。たぶんこれは、中也の詩のなかに響いているあの「声」のせいなんでしょうね。

その「声」ということで、先ほどちょっとお話しした中也の詩を朗読したときの印象に戻りますが、朗読していて気がついたことのひとつは、そこでの七五調や五七調の独特の使い方です。現代の詩人たちは、多くの場合、七五調や五七調に対して拒否反応を示しているようなところがありますね。小野十三郎さんのように「奴隷の韻律」とまでは言わぬにしても、できるだけ避けようとしているように見える。こういう反応はよくわかるのですよ。こういう韻律に乗せてしまうと、感情や感覚や意識のさまざまなニュアンスや屈折が一様な色で塗りつぶされてしまうということになりかねないからなんです。詩人の表現意識は、七五調や五七調がもたらす韻律上のメリットよりもこういう点でのデメリットを重視するんです。ところが中也は、まったく平気で五七調や七五調を使っています。同時代や彼以後の詩人たちのなかでは例外的と言えるくらいなんですよ。だけど彼が七五調や五七調を使っても、けっして対象を一様な色で塗りつぶしたり、感覚や感情や意識の微妙な表情を、平板な、単純なものにすることにはならない。彼の場合、七五調も五七調も、外面的な、表面的なものじゃないんです。そういう外面的なもの表面的なものを受身なかたちで受け入れているわけじゃない。中也には、そういう韻律を、それらがわれわれのなかでわれわれひとりひとりを超えて生きていた状態に突き戻そうとするほとんど本能的な欲求が働いていたようです。

日本の近代詩がはらむ不幸

ちょっと話が横道にそれますが、この韻律というやつは、わが国の近代詩の場合、たいへん厄介な問題のひとつです。明治十五年、『新体詩抄』という本が出ています。外山正一とか井上哲次郎とかいう人たちが作った詩集ですが、ふつうこの詩集がわが国の近代詩の始まりということになっています。そのために有名なんですが、読んでみると、おもしろくもおかしくもない。七五調や五七調にさまざまな新式の思想や感情をのせただけなんです。その形式と内容とのあいだに生き生きとしたつながりなどまったく感じられないんですよ。ところが、昔の俳句でも短歌でもそういうことはなかった。俳句の五七五にしても、短歌の五七五七七にしても、五七調と七五調とを組み合わせたものなんですけれども、これは単なる外面的な形式じゃないんです。それは、日本語の音韻構造そのものがおのずから生み出したものなんです。そういう意味では、日本人の息づかいに響き合ったものなんですね。形骸としての五七調や七五調に単純に乗っているわけではまったくない。芭蕉の句や蕪村の句でも、テニヲハがひとつ変わるだけで、あるいはちょっとした字余りで、句の表情全体がガラッと変わりますね。細部のわずかな変化に、句全体が実に鋭敏に反応するんですね。これは、句全体が、生き生きとした有機体になっているためなんです。もちろん、そんなことを感じさせないつまらない句を書いた人はいっぱいいたでしょうけれども、そういう句でさえ、こういうこととまったく無縁とは思えないんですよ。俳人も歌人も、このような点に関して、実にさまざまな工夫を重ねてきたんです。そしてそれが、読み手の方の感性を育み、磨き上げてきた。

ところが明治になって、「新体詩」と称して「詩」なるものを書き始めるようになると、人びとは、こういう工夫や、それらが生み出したさまざまな成果をきれいさっぱりおっぽり出してしまったんです。五七調や七五調という形式だけを残して、それに新式の思想や感情をのせるということになる。これではいい詩が生まれるはずがない。韻律や形式とが融け合って、細部と全体とが響き合う生き生きとした有機体を作り上げるということがないのですよ。もちろん詩人たちは、いつまでもこういう状態にとどまっているわけじゃない。藤村の『若菜集』が発表されたのは明治三十年のことですが、あそこでは韻律や形式と内容とのあいだにもっと自然な結びつきが生まれています。彼らのあとにやってきたいわゆる明治象徴派の詩人たち、とりわけ蒲原有明や伊良子清白といった人びとは、五七調や七五調に、八六調その他さまざまな韻律を加えて、さまざまな工夫をこらしています。その結果、『新体詩抄』からは考えられなかったような精妙で複雑な効果を生んでいるんです。

だけど、ここで厄介な問題が起こる。こんなふうに精妙で複雑なものになればなるほど、その詩は、同時代のことばとの具体的なつながりを失い、妙に孤立したものになりかねないのですよ。これは、わが国の近代詩がかかえこんでいる深い不幸だと思います。これは、ある種の詩人たちが主張するように、誰にでもわかる、やさしい、日常的なことばを使えということじゃないんですよ。固有の言語感覚や表現意識によってしっかりと裏打ちされていれば、難解で非日常的なボキャブラリーや語法を用いてもいっこうにかまわない。詩人はそれらを、彼らにとって本質的な詩語──詩のことばに磨き上げてゆくんです。もちろん、やさしい、日常的なことばを使ったって、これまたいっこうにかまわないんですよ。ただ、すぐれた詩人である限り、そういうやさしさや日常性にただ楽天的に乗っかってはいない。そういう表面的なやさしさや日常性の奥にあるそれらを超えたものを照らし出すんです。そして、その両者を融かし合わせからみ合わせることで、詩のことばを生み出すんですね。

だが、わが国の近代詩の場合は、こういう言いかただけでは片づかないところがあるんです。これはひとつには、明治という時代に起こった激しい変化のせいですね。この変化において独特なのは、それが、政治体制、社会体制の大幅な変革であるにとどまらず、異種の文化や文明の急激で圧倒的な流入と時を同じくしているという点です。このことはさまざまな混乱を惹き起こしましたけれども、一般の人びとの場合は、表面の部分は激しく揺れ動いていても、底の方には、江戸以来の生活感が多少とも生き続けていますからね。それが一種の重心として働いている。ところが、文学のように、意識や観念の干渉が強いものの場合は、必ずしもそういうことにはならないのですよ。

こういった問題全体についてここで立ち入ってお話しするのはやめておきますが、たとえば明治象徴派の詩人たちが辿った運命は、その点まことに興味深いのです。先ほど名前をあげた有明や薄田泣菫など、明治象徴派の詩人たちの代表的詩集、有明の『春鳥集』や『有明集』、泣菫の『白羊宮』といった詩集は、いずれも明治三十年代の末から四十年代のはじめにかけて出ています。『新体詩抄』が出てからまだ二十五年ほどしかたっていないわけだけれども、『新体詩抄』のような素朴なものじゃない。このわずかな時間のあいだに、詩人たちの詩意識、表現意識は、驚くべき速さで深化し成熟しているんですよ。有明たちの作品を読むと、それがボードレールその他の象徴詩の表面的な模倣ではないことがわかる。現在とは比較にならないほど知識が乏しかった時代にありながら、彼らは象徴詩の手法を直覚的にわがものとしているんです。そしてそれを、それぞれの詩作の内的動機と結びつけている。もちろん、まだとても充分なものとは言えませんけれども。ボードレールやヴェルレーヌやマラルメなどという人びとはもちろん別格としても、その周辺の詩人たちと肩を並べるほどの作品はいくらもあると思いますね。こういったことがこのように短期間に成就されたのには、短歌や俳句が明治までに作り上げてきた精妙な言語感覚や表現意識がかかわっているでしょう。

だけど、このことが別の厄介な問題を惹き起こすんですよ。彼らの言語感覚や表現意識があまりに速くその歩みを進めたために、彼らを取り巻く日常のことばとのあいだに危険なずれが生じるんです。これは、先ほどもちょっと触れたように、日常のことばで詩を書くべきだなどということじゃない。詩人は、日常のことばと結びついていますけれども、その結びつきは、けっして単純なものじゃないんです。大地に触れることで生命をえた神話の神のように詩人は日常のことばから生命をうる。しかしまた、同時に、時にはそれを拒み、時には他の要素と組み合わせ、時には、その内部構造を組み変えて新しい姿を与えるんですよ。ただ、そんなふうにさまざまなかたちで批評的に反応するにしても、そのためには、なんと言いますかね、日常のことばを露頂部とした言語運動の全体が、ある強い抵抗体として働く必要があったんです。ですから、たとえばボードレールのような、きわめて意識的に精妙な詩を書いた詩人でさえ、「俗な言いまわしのなかに見出される思考のとてつもない深さ、何代もの蟻たちによって掘られた穴だ」といったことを言うんですよ。

ところが、明治象徴派の場合は、どうもそういうことにはならない。現に自分たちのまわりで使われていることばとのあいだにそういう濃密なかかわりが生まれないんです。激しい社会的文化的変動と、異種の文化や思想の急激で圧倒的な流入が同時に起こるんですからね、これは言語の成熟にとってたいへんなマイナスの条件です。こういうことは、雑駁で、厚みのない、ヒステリックでそのくせ鈍感な言語を生み出すことになる。もちろん、すべてがそうだというわけじゃないんですよ。それにいま申し上げたようなことが見られるとしても、それが常にマイナスに働くとは限らない。転換期の社会を動かしているあるヴァイタリティが、そういったことをも生かす場合もあるんです。そしてそういうことは、小説では、ある現実感を作ることがあるんだけれども、詩のような、言語ともっと純粋なかかわりを結ぶジャンルにおいては、そういうことはたいへん困難なんですよ。詩人たちは、彼らのなかで驚くべき速さで推し進められた言語意識と、彼らが日常接することばとのあいだのどうしようもないずれに苦しむことになる。

そのために彼らは、死語、つまりもう死んでしまって使われないことばや、雅語、つまり和歌その他伝統的な文学作品にしか使われないことばを甦えらせる必要があるんです。それらのことばは、長い時間をかけて磨き上げられてきた精妙で奥深い表情をそなえていますからね。それは、明治象徴派の詩人たちが練り上げてきた言語感覚や表現意識に応えうるものだったんです。

そういうわけで『白羊宮』とか『有明集』とかいった見事な詩集が生まれたんですが、たしかにそれらは見事な成果ですけれども、現に周囲で用いられている言語との具体的な触れ合いがもたらす生命感という点では、欠けたところがある。そういう点が、彼らに続いてやってきた早稲田派の自然主義者たちの猛烈な攻撃にさらされることになるんですよ。こんなものは生活から離れた、単なる技巧の産物だというわけです。もちろん、反対派の攻撃などというものはいつの時代にもあるわけですけれども、この場合は、そういう例のひとつとして片づけられないようなところがある。詩人の仕事は、いかに孤独な、孤立したものに見えても、奥深いところで、時代に結びつき、時代に支えられているんです。ところが泣菫や有明たちの場合は、そういう結びつきや支えが、まったくないとは申しませんけれども、ごく乏しいんです。

フランスの詩の場合はそうじゃないんです。たとえばボードレールは、一八二一年に生まれ、一八五七年に『悪の華』を発表していますが、同じ一八二一年に生まれたフロベールは、これまた同じ一八五七年に、レアリスム小説の代表的作品である『ボヴァリー夫人』を発表している。不思議な暗合ですね。そのあとでも、マラルメ、ヴェルレーヌなどのフランス象徴詩は、ゾラを筆頭とした自然主義小説と時代を同じくしているんです。もちろん、レアリスム小説や自然主義小説の読者は、ボードレールや象徴派の読者よりもはるかに多いけれども、だからと言って、自然主義の作家や批評家が、象徴詩を、生活から遊離した、技巧だけで作り上げた作品だなどと言って、一方的かつ一面的にやっつけたりはしないんですよ。両者がともに自己を主張しながら共存して、そのことがそのまま、内的なものと外的なものとがからみ合った時代思潮を体現していた。わが国ではそういうことにはならなかったんですね。時代思潮全体があっというまに自然主義の方に移ってしまった。泣菫も有明も、自分たちの孤独な孤立した仕事を支えてくれるものを見つけることができなかった。同時代のことばのなかにも、時代思潮のなかにもね。これは辛いことですよ。

それでどういうことが起こったかというと、あれほどの仕事をした泣菫も有明も詩から遠ざかってしまった。泣菫はエッセイストになってしまったし、有明もほとんど詩を書かなくなってしまったんです。詩への関心は生き続けていて、自分の詩集に手を入れるんですが、改作するたびにだんだん詩が悪くなるという無惨なことになる。これはわが国の近代詩がはらむ不幸を、どぎついかたちで示しているように思われます。

「詩はことばで作る」

ポール・ヴァレリーが『ドガ・ダンス・デッサン』という見事なドガ論のなかで語っていることですが、ある日、ドガが、マラルメに「詩のアイディアはいっぱいあるんだが、なかなか詩が書けない」と言ってこぼしたんだそうです。ドガは、絵のほかに時どき詩も書いていて、二十篇ほどのソネット、十四行詩を残しているんですよ。そのとき、マラルメは「だけど君、詩は、アイディアで作るものじゃない……ことばで作るものなんだよ」と答えたというんだけれども、おもしろいですね。マラルメはこの「詩はことばで作る」という志向を徹底的に推し進めた詩人なんです。そして、明治象徴派の詩人たちは、もちろんマラルメのような徹底したものではなく、手探りめいたところもありますけれども、彼らなりにこの志向をなんとか現実化しようとしたんですよ。ところが、彼らが刻苦して作り上げたさまざまな成果は、自然主義者たちの乱暴で一面的な攻撃のために、しっかりと受け継がれることなく捨て去られてしまう。これは、批判するなということじゃないんですよ。批判によってこそ時代は進むのです。ただそれは、批判が対象の手触わりをしっかりととらえていることが条件となる。そういうことがたいへん稀薄なんです。「詩はことばで作る」という詩にとって本質的な志向まで無視してしまった。

これは、もったいないことでした。もったいないだけじゃない。続く世代の詩人たちの仕事に、さまざまな影を落としています。たとえば、高村光太郎は、泣菫や有明の詩を否定し、いわば素足で、大地に足をつけて詩を書こうと決意した人です。泣菫や有明のあとに現われた詩人としてこういう反応は当然ですが、明治象徴派の仕事を、批判というかたちでではあってもしっかりと踏まえることなく突然急カーヴを切ってしまったために、詩がどこか痩せてしまう。詩が、個人的なものに引きとめられる。ことばが作る世界に充分に自分を開き切ることができないのですよ。

萩原朔太郎の場合もそういうことがかかわっています。彼は、明治象徴派とは対照的に、いわゆる「口語自由詩」に見事な花を開かせましたけれども、その朔太郎にしても、晩年には『郷土望景詩』とか『氷島』といった詩集に見られるような、文語詩に移ってゆくんです。もちろん、文語詩といっても、泣菫や有明のものとはまったく質はちがいますけどね。肩を怒らせた上州ッポに似つかわしいような、一種独特の朗吟調なんですよ。これらの後期詩集、とりわけ『氷島』に対する評価は分かれていて、三好達治などは、朔太郎の弟子であるにもかかわらず、手きびしく批判しています。私は好きだし、高く評価していますけどね。ただ、どのように評価するにしても、これは、『月に吠える』や『青猫』からの自然な展開とも成熟とも、とても言えないようなところがある。こういうスタイルに到る朔太郎の歩みには、おのずからなる成熟という感じがしない。ひどくせっかちで、窮屈なんですよ。そして私には、そこには、さっき申し上げた光太郎の場合と相通じるような事情が働いているような気がします。もちろん、その質はちがっていますけれども。

お聞きになっていて、私が、肝心の中也を放り出して、一種の文学史的談義にふけっているように思われたかもしれませんけれども、そうでもないんです。これまでお話ししてきたことはすべて、私のなかでは、中也と響き合っているんですよ。これは、中也が、泣菫や有明の詩にどんなふうに反応したかというようなことじゃありません。彼は、白秋はよく読んでいるようですが、泣菫たちの詩に対しては、人並みに読んではいるでしょうが、とくに関心があったようには思われない。ただ彼には、これら先輩詩人たちの刻苦がはらむ問題を、本能的に感じとっているようなところがあるんです。そしてそれを実に独特なかたちで照らし出しているんですよ。

これは、たとえば韻律の問題に関して、中也が何か新しい工夫を打ち出しているというようなことじゃない。韻律とのかかわりそのものが新しいんです。そういうことが起こったのには、さまざまな理由があるでしょうが、そこには彼の独特の資質が濃い影を落としているように思われます。そういう資質は、ごく幼いころからおそろしくはっきり立ち現われている。彼は、一九一九年の十二月、十二歳のとき、『初冬の北庭』という文章を書いているんですが、これがおもしろいんです。それは「午前の十時頃、自分は北庭に作文の材料をあつめに出た」ということばで始まっていますが、あいまいな前置きを抜きにしたこういう書き出しがすでに独特です。それから彼は「たゞ白雲が綿のやうにプアプアたゞよふて居た。そのすきまからはチョイ〳〵青雲がのぞきこんで居た」というふうに書いていますが、これもいかにも中也らしい。オノマトペの多用は少年の作文によく見られるものですけれども、ここで中也は、手垢のついたオノマトペをなんとなく使っているわけじゃない。「プアプアただよふ」にしても、「チョイ〳〵とのぞき」こむ、にしても、この少年の眼も感覚も、対象の動きやその動きの質にぴったりと寄りそっているんですよ。そういうわけで、これらのオノマトペは、実に新鮮ですが、同時に、彼と彼を取り巻く世界との、けっして素朴に安定したものではない、不安なとまでは言わぬにしても、ある不安定な関係を示しているように思われます。その後中也が、その詩のなかで、オノマトペをいかに独特のかたちで使っているかは、皆さんよくご存知でしょう。

この作文の少し先の方で、彼は「風とては別にないが折々やさしくつめたい風がふいてきてくちびるをつめたくした。そのたびにてうばうが少しゆれた」と書いているんですが、実におもしろい。風は、単にやさしいのでも単に冷たいのでもなく、「やさしくつめたい」んです。しかもそれが、他のどこでもなく、「くちびる」を冷たくしたというんですからね。いかにも中也的です。そればかりじゃない。この冷たさには——妙な言い方ですけれども——、単にその「やさしくつめたい」ふうの結果として片づけるには、少々冷たすぎるような感じがするんですよ。その冷たすぎる感じのために、眼前の風景が解体しかけるのですが、かろうじてとどまっている。中也少年は、風で唇が冷たくなり「そのたびにてうばうが少しゆれた」と続けるのですが、こういう言い方も独特です。「てうばう」つまり「眺め」あるいは「視界」ですが、それが「ゆれた」、しかも「少しゆれた」というのは、十二歳の少年にしてはなんともうまい言い方です。単にうまいというだけじゃない。それは、彼と世界とのかかわり方にぴったりと重なり合っているようなところがある。つまり、この少年にとって世界は、彼が何かを感じるたびに少し揺れるような存在なんです。これまた、詩人中也を端的に予告しているんじゃないでしょうか。

これは、直接的な感覚の問題ですが、そういう感覚に対する内省の仕方においても、彼独特のものがごく早い時期から、どぎついほどはっきりと立ち現われています。彼はいまの作文の三年後の大正十一年、十五歳のときに、友人との共著で『末黒野《すぐろの》』という歌集を出していますが、これがめっぽうおもしろい。たとえば「怒りたるあとの怒よ仁丹の二三十個をカリ〳〵と噛む」という歌があります。腹を立てて仁丹をたくさん噛む、というような歌なら、これはどこにでもある。ところが中也は「怒りたるあとの怒」に反応するのですよ。最初の怒りではなく、いわば揺り戻しのように膨れあがってくる怒りに反応しているわけで、これは中也が、自分の思考や感情の屈折し分裂した動きにいかにぴったりと寄り添っているかということを感じさせます。「的もなく内を出でけり二町ほど行きたる時に後を眺めぬ」という歌があります。この歌集には収められていませんが、これについても同じようなことが言える。この少年のなかでは、「的もなく内を出」てゆこうとする感情と、二町ほど行ってから「後を眺め」る感情とが、彼のなかで生き生きとした対話をかわしているんですよ。「大河に投げんとしたるその石を二度見られずと よくみいる心」という歌もそうですね。そこでは大河に石を投げようとする動きと、投げてしまったらもう二度と見られないんだと思ってそれを見つめる動きとが対立する。これは互いに矛盾した感情というわけじゃない。ただ中也の場合、ある感情が、枝別れしたように分岐して、そのあいだに屈折した対話が生まれるんです。もうひとつあげましょうか、「蚊を焼けどいきもの焼きしくさみせず悪しきくさみのせざればさびし」という歌です。蚊を焼いたけれども、生きものを焼いたとき当然するはずのあの生ぐさいくさみがせずにパッと燃えてしまった。こういう経験は皆さんにもおありになるかもしれない。その場合、「悪しき臭みのせざればさびし」と言うのは、まさしく中原中也そのものです。

内部分裂の乗り越え

こんなふうに、おさないころの彼の作文や短歌がすでにどぎついほどあらわに示しているのは、彼が、さまざまなものにおそろしく鋭敏に反応するけれども、その反応そのものに、安定したかたちで身を委ねえないということです。その反応が、たちまち内部分裂を起こす。彼は、そういう分裂を何かある観念で抑えつけようとするのではなく、それにぴったりとその身を重ね合わせるんですが、そのことがまた、次なる分裂を惹き起こし、それが思いもかけぬさまざまな方向にひろがってゆく。こういう感性をそなえた少年は、さぞや生きづらいだろうと思いますね。

こういうひろがりは、人や物とのかかわりのなかで平面的に動いてゆくだけじゃなくて、垂直にも動いてゆくんです。彼は、「人みなを殺してみたき我が心その心我に神を示せり」という歌も詠んでいますが、私にはこのことが実におもしろいんです。彼は、さまざまな分裂を重ねれば重ねるほど、ますます強く他人とのかかわりのなかに引き込まれるんですけれども、当然それは「人みなを殺してみたき」心を生み出さざるをえない。そしてその心が、そういう人間関係を絶対的に超えたものとしての「神」を示すんですね。これには中也の家がカトリックであったということも多少ともかかわっているでしょうけれども、この「神」は、救いとして堅固なかたちで彼に現前するものじゃない。「人みなを殺してみたき心」が生まれるたびごとに、その心が彼に示すのですよ。これは、彼のあの分裂の究極の姿であると言っていいでしょう。

こういう資質をもって中也は、詩の世界に入ってゆくんだけれども、そこで彼がまず高橋新吉のダダイスムの詩に強く惹かれるのはよくわかりますね。彼の作文や歌が示すあの分裂は、新吉の詩の破壊性と相通じるところがあるんです。もっとも、彼が新吉の詩に出会ったのは、まだ十七歳のときです。山口中学を落第して京都の立命館中学に転校したとき、古本屋で新吉の『ダダイスト新吉の詩』を見つけたんですよ。中也はおそろしく早熟な読書家だったようですけれども、この年齢ではまだ文学的に充分武装しているとは言いがたい。それだけに、新吉のダダイスムは、いささかもその毒を薄められることなく、なんと言いますかね、ある本能的な感触として彼のなかになだれ込んだんです。「てうばう」は、激しく揺れるのですよ。ただ、中也の場合は、その激しい揺れのなかにのめり込めばのめり込むほど、その解体を止めて、ある均衡を回復しようとする欲求が、なまなかたちではなく、微妙に屈折したかたちで身を起こしてくるんです。だけど、その均衡のなかに落ち着くわけでもない。均衡のなかからまた分裂解体への動きが生まれてくるんですよ。

ダダ的な詩のあとで、中也は、皆さんよくご存知の「朝の歌」とか「臨終」とかいった、形式のととのった均衡のとれた詩を書いています。「朝の歌」は、ハイネの『歌の本』から示唆を受けたようですが、たまたまそういう形式を用いたというんじゃないんです。彼は『朝の歌』にてほゞ方針立つ」と書いていますが、これはこの詩が、この時期の彼の詩に対する姿勢を端的に体現していることを示しています。だけど、彼は、こういうスタイルを踏まえながらも、単純に安定してはいない。この詩は、四行詩二つと三行詩二つというわゆるソネット形式のもので、五七調で統一された雅文調で書かれていますが、すみずみまで工夫をこらして精密に作られてはいるものの、そのなかにしっくりはまり込んでいるわけじゃないんですね。「天井に　朱きいろいで／戸の隙を　洩れ入る光」というふうにごく自然に始まりますけれども、三行目になるともう「鄙《ひな》びたる　軍楽の憶《おも》ひ」という中也独特のイメージが、あの揺れを感じさせる。しかしこのイメージは、郷愁とか回想とかいった方へは向かわないんです。四行目は「手にてなす　なにごともなし」ということになる。次いで第二詩節は「小鳥らの　うたはきこえず／空は今日　はなだ色らし、／倦《う》んじてし　人のこころを／諫《いさ》めする　なにものもなし」というふうに続くんです。無為と倦怠という主題が、五七調で執拗に繰り返されているんですが、そういう韻律の拘束を感じさせることはない。それどころか、そんなふうに繰り返されることで、この無為と倦怠の気配が微妙に揺れながらわれわれを引き込むんですよ。

第一詩集の『山羊の歌』では、「朝の歌」の次に「臨終」という詩が置かれています。これはソネット形式ではなく四行詩四節、五七調で書かれていますが、この詩もおもしろいですね。最初の二行は「秋空は鈍色《にびいろ》にして／黒馬の瞳のひかり」というんですが、実に中也らしいみずみずしい色感と物質感につらぬかれていて、雅文調をごく自然にはみ出してしまっています。そしてこの詩でも、「水涸《か》れて落つる百合花／あゝ　こころうつろなるかな」というふうに無為と倦怠の主題が続くのですよ。この詩の最後の二行では五七調が微妙に崩れて「しかはあれ　この魂はいかにとなるか？／うすらぎて　空となるか？」となっていますが、このことがまことに独特の効果を生み出しています。ここで五七調を忠実に踏襲するなら「しかはあれ　この魂は／うすらぎて　空ともなるか？」となるでしょうが、「この魂はいかにとなるか？」というふうに問いかけることで、詩の表情が一変するのですよ。もはや、抒情の水平の流れではなくなる。問いの垂直の動きとがからみあって、中也の詩独特の表情を浮かべるんです。彼は雅文調のスタイルをとってもそれにとらわれることはない。それは彼のなかの均衡への現われですが、それがおのずから解体の気配を喚び起こすことにもなるんですね。もちろん、五七調とか七五調とかいった韻文定型による雅文ふうつまり文語体と、解体と均衡とが微妙にからみあったこういう動きを結びつけることを、永続的なスタイルにすることも充分ありうることでしょう。だけど、中也の場合はそういうことにはならないのですよ。「臨終」のすぐ次には「都会の夏の夜」という詩がありますが、これはソネット形式を用いてはいますけれども、そのことばは、まったく違っている。最初の四行は「月は空にメダルのやうに、／街角《まちかど》に建物はオルガンのやうに、／遊び疲れた男ども唄《うた》ひながらに帰つてゆく。／――イカムネ・カラアがまがつてゐる――」と歌われています。次いで第二詩節は「その脣《くち》は胠《ひら》ききつて／その心は何か悲しい。／頭が暗い土塊になつて、／ただもうラアラア唄つてゆくのだ」となるんです。この詩は「朝の歌」や「臨終」と同時期のものじゃない。何年かあとのものですけれども、それにしても驚くほどスタイルも題材も変わっています。

だけど中也はそこにとどまっているわけでもないんですね。五七調や七五調を捨て去ることもない。皆さんよくご存知の「汚れちまつた悲しみに……」は七五調だし、「生ひ立ちの歌」も「私の上に降る雪は／眞綿のやうでありました」といふように七五調です。あるいは「夏」。これは私のたいへん好きな詩のひとつですけれども、「血を吐くやうな倦《もの》うさ、たゆけさ／今日の日も畑に陽は照り、麦に陽は照り」という最初の二行は、七四四、五七七というもっと複雑な韻律も用いられています。その他さまざまな韻律を自由自在に使っているんですが、それればかりじゃない。読む方が、何かある韻律のつらなりに乗せられかけると、それを見すかしでもしたように、字余りや、妙な言い方ですが字足らずとでも言うんですかね、そういうものを導入して、そのつらなりを崩すんです。だけど、それで詩の流れが乱れるということはない。それどころか、そのことで、中也の詩の一見単純に見えても実は複雑なかげりのある表情が生まれるんです。また、口語自由詩的なスタイルで書かれている場合でも、五七調とか七五調を感じさせる調子が、何気なく入り込んでくるんですよ。また、すでにある韻律とのかかわりなどまったく感じさせぬ独白調や告白調で語られているときでも、中也独特のあの口調、あのトーンがすみずみまでしみとおっています。

つまり中也は、先輩詩人たちが苦しんだ伝統的な韻律と日常口語的な口調との対立をごく自然に乗り越えてしまう。これは彼がそういう対立に対して鈍感だったということじゃない。それどころか、それに非常に敏感だったのかもしれません。ただ彼は、この対立を一種のバネにしながら、まことにみずみずしい効果を生み出しているんです。これは、単に韻律の問題だけにはとどまらない。明治象徴派の詩人たちが、急激に展開深化した彼らの詩意識、表現意識と、彼らを取り巻く明治口語との乖離に苦しんだことはすでにお話ししました。それが彼らに雅語や死語を甦えらせることを余儀なくさせ、彼らを時代から孤立させることにもなった。ところが、中也はそうはならないんですね。それどころか、彼は独特の嗅覚でそれらを結びつけるんです。たとえば『在りし日の歌』の冒頭に「含羞《はぢらひ》」という詩がありますね。「なにゆゑに　こゝろかくは羞ぢらふ／秋　風白き日の山かげなりき」という二行で始まりますが、次の二行は「椎の枯葉の落窪に／幹々は　いやにおとなび彳《た》ちゐたり」ということになる。これはいかにも中也らしいですね。雅語を駆使してよく整った文語体で始めていながら「幹々は　いやにおとなび彳《た》ちゐたり」といった詩句で続ければ、ふつうなら奇妙な異和感が詩の流れをこわしてしまうでしょう。ところが中也の場合は、そうはならないんです。雅語と、「いやにおとなび」などというごく卑俗な、中也の日常の口調がそのまま出ているような言いまわしが、不思議な感情をもって結びついているんですよ。「羞ぢらふ」「こゝろ」と、「いやにおとなび」た姿の「幹々」と融け合って、なんともみずみずしい表情を生み出している。

　もうひとつ、もっと簡単な例ですが、「冬の長門峡」という詩がありますね。その最初の詩節は「長門峡に、水は流れてありにけり。／寒い寒い日なりき」という二行です。これを「長門峡に水は流れておりました。／寒い寒い日でした」というふうに口語体に書き変えてみるとおもしろいですね。これだって実に中也らしい。この方がいいと思われる方もいらっしゃるかもしれない。だけどやはり、この場合は文語体の方がぴったりします。その方が、「長門峡」も、流れる「水」も、「寒い寒い日」も、くっきりと結晶したイメージを結ぶんです。口語体だと、ことばの流れのなかに溶け込みすぎるんですね。ただ、この場合、文語体をつらぬくつもりなら「寒き寒き日なりき」と書くべきでしょう。そう書かないのには、もちろんそれでは「キ」音が三つ続くということがあるのでしょうが、それればかりじゃない。そんなふうに、口語体を何気なく埋め込むだけで詩句の表情が微妙に変わるのですよ。こういうことが可能となるのは、中也が、文語体や口語体を単にスタイルとしてとりあげているだけじゃなくて、それぞれの生理とでも言うべきものを血肉化しているからなんです。

とらわれのないスタイル

これは彼が、たとえば、口語体に楽天的に身を委ねているということじゃない。「丸ビル風景」という副題を付した「正午」という詩があるでしょう。「あゝ十二時のサイレンだ、サイレンだサイレンだ／ぞろぞろぞろぞろ出てくるわ、出てくるわ出てくるわ／月給取の午休み、ぶらりぶらりと手を振つて／あとからあとから出てくるわ、出てくるわ出てくるわ」というふうに始まるのですが、これはとても、単に口語体と言うだけで片づけることはできませんね。人びとの動きとそれを眺める眼の動きとが、ある放心のなかでひとつに結びついていて、生き生きと湧き上がるようなことばの流れを生み出しています。これは、中也の詩のなかでも独特のスタイルですね。ところが、中也は、このスタイルを最後まで続けるということもしない。途中で、「なんのおのれが桜かな、桜かな桜かな」という文語体が、唐突に、だけどいかにも自然に入り込んでくるんですよ。そして、最後の四行は、このふたつの文体をからみあわせながら、こんなふうに結ばれるんです。「あゝ十二時のサイレンだ、サイレンだサイレンだ／ぞろぞろぞろぞろ、出てくるわ、出てくるわ出てくるわ／大きいビルの真ッ黒い、小ッちゃな小ッちゃな出入口／空吹く風にサイレンは、響き響きて消えてゆくかな」というのがその結びですが、おもしろいですね。口語体や文語体に、「小ッちゃな小ッちゃな」などという幼児語めいた口調まで混ざっていて、なんとも八方破れという感じがしますが、実はそうじゃない。すみずみまで彼独特のおそろしく鋭敏な言語感覚につらぬかれていて、およそ乱れたところがない。読者はこういうことばの動きに、ごく自然に運ばれてゆくんですよ。

こういうことは、彼の他の作品にもさまざまなかたちで見られることで、これが彼を無類の詩人にしています。彼は、何かあるスタイルや口調を作り上げても、それにとらわれることはないんですね。まるで、息づかいのように、自由に、自在に、新たなスタイルや口調をとりあげます。彼の詩の主題は広いとは言えないし、そのボキャブラリーも多いとは言えない。だけど、この自由感、この自在感が、彼の詩を、刻々に新たなものにしているんです。わが国の近代詩人たちが強いられたさまざまな厄介な課題については、すでにいくらかお話ししましたが、中也はそれらの課題を、事もなげに乗り越えているように見えます。もちろん、実際には、彼なりにさまざまな苦労や工夫があったでしょうが、あの自由感や自在感は、読む者にそんなことを感じさせないのですよ。

もっとも、自由感とか自在感とか言うだけでは片づきませんね。そこにも、彼独特の表情と意味がある。彼の詩は、いかにも自在で自由ですが、そこには、水平にのびてゆく動きだけではなく、それを垂直につらぬく動きがあるんです。よく知られたことばで、皆さんもご存知と思いますが、中也は「芸術論覚え書」という文章のなかで「『これが手だ』と、『手』といふ名辞を口にする前に感じてゐる手、その手が深く感じられてゐればよい」と述べています。いかにも中也独特の言い方で、通常の抒情詩人は、こういうことは言わないんです。そして「名辞」以前のものに向かうこういう動きが、彼のことばやイメージを垂直につらぬき、それらに心理や感覚のさまざまな結びつきを超えた求心性を与えるんですよ。もっとも、「名辞」以前のものへ向かうことは、中也の専売というわけじゃない。それどころか、それは、詩的創造の根源的な条件であるとさえ言えます。だけど、中也のように、自覚的意識的に、それをおのれの表現意識の核心に置き、他のさまざまな要素をそれと関係づけた詩人は稀だと思うのですよ。そういうことを、彼の詩のひとつひとつに即して考えてみることは、興味深い仕事だと思います。

立原道造

今回、立原道造記念館から、風信子忌で何か話していただきたいというご依頼があったとき、私は立原道造の熱心な研究者というわけではまったくないので、だいぶ迷いました。愛読者ではあるんですが、愛読者からもちょっとはみ出すようなところもありますので、はたしてこういう場でお話しできるかどうか迷ったんですけれども……立原と私との関係はいろいろと屈折したところがありまして、私にはきわめて語りにくい詩人と言える……しかし、そんな私の個人的な立原体験をお話しすれば、多少違った角度から皆さんのご興味を惹く内容になるかもしれないと思い直しまして、結局ここに座っている次第となりました。

私は敗戦の年に旧制高校に入りましたので、戦争末期に中学時代を過ごしました。中学の同学年にたいへん熱狂的な保田與重郎ファン、つまり日本浪曼派ファンがおりまして、さらにその取り巻きがいたんですが、私は、彼らから目の敵にされていました。ある日その中心になっていた人物がやってきて、議論を吹っかけるんですが、私は言っていることがよくわからないわけです。

お前は民族の慟哭を知らんと言いますから、民族が泣くのかねと言いますと、怒るんですよ。そんないっさいの議論を受けつけないような語り口が本能的に不快になって、論理っていうのは必要だよって言うとまた怒るんです。文化なんていうと鼻で笑うわけですね。そして本を持って来まして、とにかくお前は保田與重郎なるものをちゃんと読めと言うんです。私もその言い方が癪に障りましたので、意地でも読んでやるものかと思った。まあ、変なきっかけでしたが、戦後に至るまで、日本浪曼派の本はついに一行たりとも読まなかった記憶があります。

ただそのときに、ついでだったんでしょうが、山本書店から出ていた『立原道造全集』のなかの詩を筆写していっしょに持って来まして、こういうすごい詩人もいるんだ、これもちゃんと読めと言ったんです。中学生には全集なんか手に入らない時代に、わざわざ筆写してくれたものですから、保田與重郎の本とは違って少し読んでみました。それがきっかけで立原にたいへん興味をもってずっと読み続けたとなれば話は簡単ですけれども、詩人との出会いには、私の置かれた環境とか、年齢とか、いろんな経験がかかわっていますから、そうはいかなかったんです。

私が中学の四年になったころの知り合いに、たいへん蔵書家の画家がおりまして、その方の本棚から小林秀雄さんの翻訳したアルチュール・ランボオの『地獄の季節』というのを発見しましてね。まず、「地獄の季節」という名前に驚いたし、著者名からもアル中の乱暴者という感じがするから、これはすごいやと思って借りてきたんです。読んでまた大感激しましてね……くる日もくる日もその本を読んでいました。また、そのちょっとあとに、中原中也の『在りし日の歌』

という本を、これは貴重な本だろうと思うけれどもそれを読みました。そして、一方で日本浪曼派に一種肉体的な反感をもっている。おまけにその與重郎ファンに対しても嫌悪感を抱いている。そういうなかで立原を読むことは、まことに具合の悪い不幸な出会いだったんですよ。おまけにさっき申し上げた右翼少年が、あちこちで私のことをいろいろ言ってるらしい。粟津というのは文化文化とうるさく言ってるらしいが、あれはヨーロッパ趣味の国賊であると。そのうちあいつを俺は殺すって言っていると。そういうようなことを私にご注進に来るやからがいましてね。殺すらしいぜって言うから、そうか、と言っていちおう平然としていたんですけれども、内心こっちはびくびくしているわけですよ。そのころの私にとって、中也とかランボオの詩は、社会に対する、あるいは、人生に対する、あるいは、世界に対する私の心構えみたいなものを、充分支えるに足りた。ところが、立原の詩は、たしかに甘美な、本当に夢見るような世界を私の前に繰り広げてくれるんだけれども、なにか本当に夢みたいなところがあって、現実の私の周りを取り囲んでいる、なにか吐き気をもよおすような死の予感というか、死の気配っていうのかな、そういうものとうまく結びつかない……戦時中ですから、次々と身近な人間がいなくなったり、死んだりしますからね。そういうなかで死の予感に耐えながら生きている人間にとっては、立原の詩っていうのは、なんて表現したらいいんでしょうか、あの時の感触は……。つまんなきゃ問題ない。読まなきゃいいんですから。しかし読んでみると不思議な吸引力があるんですよ。だけどそこに入っちゃうと結局私はなにも見えなくなっちゃうんじゃないかという、そういう、ある種曖昧な、けれども非常に激しい感触がありましてね。それで、読んだなかでとくに覚えているのは、たいへん有名な詩集『萱草に寄す』の「はじめてのものに」って詩なんですが、その三連目、第一連、第二連目はいいんですが、第三連目ですね。

「——人の心を知ることは……人の心とは……／私は　そのひとが蛾を追ふ手つきを　あれは蛾を／把へようとするのだらうか　何かいぶかしかつた」。わけがわかんない。まあこの「人の心を知ることは……人の心とは……」というのは津村信夫の詩のパロディらしいんだけれども。とにかく、なにがいぶかしいんだと。あることをちゃんとはっきり言ってくれないとわかんない。「何かいぶかしかつた」というふうにすらりと逃げたこの詩人の姿勢っていうものは、ランボオや中也に夢中になっている少年にとっては、どうにもこれがいらいらしてくるんですよ。私は天性いらいらする人間ですから、何に対してもすぐいらいらするんですけれども、それにしてもこの詩はいらいらする。どうやらこの詩に流れている時間の感触と、私が現実に経験している時間の感触とが合わない。合わないけれども何かそれは魔性を帯びた声のように私を呼ぶところもある……これが困るんですよ。保田輿重郎の場合は拒否すりゃすんだんだけれども、この妙な悪魔の囁きのようなものを耳にしちゃったものですから、だんだんと気になってくる。まるで私のなかの、それこそ立原ふうにいえば、風の声のような思い出のように、この立原のことば、詩句ってものが私に囁きかけ続ける。だんだん大きくなったりしてくる。といって耳を澄ますとまたいらいらしてくる。こういうまく表現できないような妙な関係がありました……。

戦後になって、私は角川の三巻本全集を手に入れて読みましたけれども、先ほど申し上げたような、私にとってのいらいらっていうものは、いろんなふうに表情を変えながら、広がりを変えながら、繰り返し繰り返し、私を襲ってくる。戦後、私は、ランボオと中也の世界の渦のなかにおりましたが、この渦のなかから見ると、向うのほうでは、立原のそれなりに完璧な世界が存在しているのが見える。これがたいへん厄介なつきあいでしてね。私にとっての立原は、こういう厄介な人間であると同時に、どうもその立原ファンというものが気にくわなかった。「この間、俺は立原の詩集を持って軽井沢に行ってきてね、追分に行ってきたんだよ」なんて言われると反吐が出そうになってくる。あの魔性の声はそんなんじゃなかろうと思う。ところがそんな私の反応など無視して、立原の詩の一種不思議な、抽象的で、しかも透明な、あの感触ってものは、不思議なリアリティをもって私に語り続けるわけですね。これは私個人だけのかなり歪んだ屈折した反応でしょうけれども、おまけにもっと癪にさわるのはですね、私は、前にいまよりもずっと痩せていたんだけれども、でも私が立原をおもしろいっていうと皆が笑うんですよ。似合わない、と言う。何が似合わないかと思いますけれどもね。要するに粟津則雄のような風貌の男が立原を好きになるはずはないと世間はそう思うらしい。いま、みなさんもそう思っているんじゃないんですか。ところがだんだんと好きになってきましてね。

まあ、私にとってはこういう立原なんですが……だけども、ただね、この人の作り上げている世界にはだんだんと謎めいてくるところがある。あれほど現実のいろんな事象、いろんな人間、いろんな出来事といったものから身を離しているでしょう。追分といわずに「村」というし、恋人は「あの人」だし、「あの夜」だし、「その夜」だし。そして、追分の野原らしいけれども、水引草だとか草ひばりだとかなんだかんだっていうものの、そのことばの背後の世界の存在感がいっこうに見えてこない。見えてこないにもかかわらず、その詩のなかでそのことばがくっきりと自分自身を、なんていうのかな、自己否定しながら存在し続けている。しかも、なおかつ、この詩人はそういう世界に安住することはないっていうか、閉じ込もることはないんですね。あれほど具体的なものとの交渉を遮断しながら、あれほど具体的ないろんなものが背後に引きずっているものを断ち切りながらも、そのことばのもつ、不思議な存在感だけはしっかりとつかみとって、生かしている。普通、詩人が自分のヴィジョンっていうものに具体性やリアリティを与えるためには、いろんなことばに対して、その背後にあるイメージの重さ、その背後に広がっている、そういういろんなつながり、連想、そういうものを、二重三重に屈折させながら引き出してきて、それによって自分の言語体系を作り上げていくものでしょう。ところが、立原はそうじゃないんですね、いっこうに。恋人が出てきても、その恋人の心の傷とか、恋人と自分との関係が作る傷とかいうものが出てこない。いつも恋人は「あの人」であり、「あの時」であり、あるいは「白い花」であり、そういういろんな形で現われてくるだけで、これは、存在っていうよりも恋人という音符っていう気がしてくる。音符が村になったり、林になったり、空になったり、星になったりして動いているだけのような気がしてくる。ところが、音符だけの音楽かというとそうではない。みなさんはどうですか？　そういうことをお感じになりませんか。この人はいささかも観念的にはならないんだけれども、しかし、かといって具体的かというと具体的でもない。非常に抽象的だけれども、その抽象性のなかに不思議な息づかいがいつも入り込んでいる。言語による完璧な世界を作るんだけれども、その完璧な世界からいつも逃げ出そうとする。その逃げ出そうとする自分というものを、この人はあるがままに、例えば中也のようにあるがままに押し出すようなことはしない。そして、中也の世界から逃れる。それから、その後、自分の先生格である堀辰雄の世界からも逃れようとする。あの時間の消えたような堀辰雄の世界から逃れて、どこへとか、なぜとか、といった問いのなかで歩み続けようとする。だけどこれほど歩み続けようとすることで、詩がそれなりの厚みと屈折と重層性をもつかといえばそうじゃない。いつも何かを決意しながら、決意が引き出した世界のなかで彼は安住ができない。また、なぜ、どこへというようなことをいう。さらに、それが、ついには日本浪曼派の方へ引きずられていく。でも、そこには入りっこないんですが、引きずられていく。どこへ、なぜ、という問いが引きずっていく。しかし、そのなかには入らない。彼はいつも自分自身から抜け出そうとしながら、しかしいつも自分自身の世界に立ち戻る。立ち戻った世界は流動性を本質とする世界だから彼を安住させない。こういう彼の世界のある矛盾を孕んだ二重性、こういったものに一番正確に相応じているのはソネットという形式でしょうね。ソネット形式のなかに、彼は、読んで見ると不思議なほど多種多様なものを入れていますね、例えば、有名な「ひとりはひとりを／夕ぐれになぜ待つことをおぼえたか」という詩句があるでしょう。昔はこれは立原の発案だと思っていた。しかし実は藤原定家の「など夕暮に待ちならひけむ」という歌を本歌取りしたものでしょう。新古今和歌集もそうですが、先ほど申し上げた津村信夫の詩など、いろんなものから詩句を切り取って利用している。しかもそういったものを入り込ましていながら、それを見事に彼自身のリズムのなかで生かしきっている。つまり、その切り取ってきた詩句を扱う工夫が見事だから、いかにも他所からとってきましたというようなものにはならず、ごく自然な歌声になる。だけどその自然な歌声に身をゆだねているかというとそうでもない。この自然さと前に進もうとする意志、不思議な衝動っていうものと、自分の世界の完璧な造形性と、その世界を抜け出そうとするもうひとつの欲求というものが、この人のなかにいろんな形で絡み合っているような気がするんですよ。

こういうふうにいろいろと考えておりますと、どうも、この人の詩の世界っていうものは、単に抒情的な甘美な夢を追ったものでないことは当然なんだけれども、同時に、単にどこからどこかへ出て行く、そういう流動性がこの世界の本質でもない。流動性と停止への欲求、自己拡大の欲求と自己自身の中心をつかもうとする欲求。それから、非常に複雑な工夫を凝らしていろんなものをパロディ化し、本歌取りして断ち込もうとする欲求と、翼ある風のような歌い口のなかに溶かし込もうとする欲求。こういったいろんな欲求が絡み合っているわけですから……彼がもっているのはこういう世界ですが、こういう複雑に屈折した資質は、日本浪曼派のような誘いに対してやっぱり弱いと思う。芳賀檀という『古典の親衛隊』を書いた愚かしい人がいましたけれども、ああいうものに夢中になっちゃう。……で、興奮した手紙を芳賀檀に書き送ったりしているんですね。ところが、じゃあそのまま誘いに乗ってゆくかっていうと、結局、非常に不思議な、このひとの詩人としてのみごとな本能がそこに入り込ませない。立ち止まっちゃう。彼には、彼のなかの彼を超えた世界、大いなるめぐりとかいろんないい方をしていますけれども、そういう世界に対する自分の存在をかけたような感応力っていうものがあって、それで、日本浪曼派に惹かれてはいくんだけれども、その一歩手前で立ち止まらせ、新しい世界へ出かけていこうとさせる。例えば南の長崎の方へ行って、自分のなかにある追分風景とは異なる自然を発見しようとするんだけれども、結局南では何も発見しない。発見しないことが彼の生き方の本質であるように、彼はそこでは何も発見しない。こういう繰り返しがこの人のなかにはある。

私は、こういった彼の詩の形ってものについて、例えば現代詩においてどういう意味をもっているのか、などというようなことをいろいろな角度から考えてみるわけです。現代の詩においては、自己が現在身を置いている社会的事象、政治的事象、あるいは、いろんなドラマといったような人間模様とは無関係な世界を作ることもできる。それを捨象して、より抽象的な、なんの詩的厚みも意味ももたないことばによって、架空のある世界を作り上げていくというふうな形をとることもできる。また、そういう形をとることで、自分だけのことばをもって、ある人工的な世界を作り上げていく営みのなかに、通常の場合とは逆に、いろんな形でひそやかに現代の問題を引き込むこともできる。しかしそれは、なかなか難しい作業でもある。こうして考えていくと、抒情と人工性とを精妙に融かし合わせた立原の詩は、現代詩に求められているものを、先取りしているとも言える。一見甘美で軟弱にみえる詩も、実はもっと奥深いところから抒情をつかみ直している。それを、あの病弱な身体で死ぬまで推し進めていたんですね。

そういう立原を、現代の詩のなかで、改めて考えてみてはいかがでしょうか。そこには詩語としての現代口語という問題があります。現代口語に関しては、あの萩原朔太郎でさえ絶望しちゃって、晩年は『氷島』の文語詩へ行っちゃったでしょ。朔太郎っていえば、変なことを言う人でね。「おまえ」っていい方は駄目だと言う。あれは下卑た夫婦の関係のような響きがあると言う。あなたも「A・NA・TA」と三つ母音がつくので駄目で、こんな鈍いことばはないと言う。それで、尊敬の念と愛情とが両方含まれた呼びかけは「お嬢さん」だと言うので、朔太郎には「あお嬢さん」ていう詩句があるんですよ。でも「お嬢さん」てちっともよくはないでしょう。「あなた」の方がいいような気がするんですが。まあ、そういう現代口語のもっている問題は、いま詩をお書きになっている方々が感じていると思うんですよ。いかに現代口語では語尾が同じように単純になるか。それを複雑にしようと思っていかに無理をしているか。……そういう点から見て立原道造は、現代口語の見事な成果を詩で示してくれています。あの人の詩は不自然なところがないし、本当に見事なことばのつながりを作り出しています。晩年は、といっても、あの人は二十四歳で死んじゃったんだけれども、晩年は、ちょっとうますぎたって気がしますが、『萱草に寄す』とか『暁と夕の詩』は、とってもいいと思います。

立原道造『萓草《わすれぐさ》に寄す』

立原道造は一九一四（大正三）年に東京に生まれ、一九三九（昭和一四）年にその短い生涯を終わった詩人です。

今日お話をする『萓草に寄す』は彼の第一詩集ですが、同じ一九三七（昭和一二）年の一二月、第二詩集『暁と夕の詩』を刊行しています。さらに、第三詩集『優しき歌』を編集中に彼は世を去りましたので、遺された作品の数は少ないんですけれども、その抒情の純度、その透明な意識性、きわめて構築的な、意識的な全体の堅固な構造、そういったものによって、彼は、わが国の近代詩のなかできわめて重要な位置を占めている詩人の一人である、と言うことができるだろうと思うのです。

『萓草に寄す』という詩集は、一九三七（昭和一二）年に発表されたのですが……、この昭和の一〇年代という時代は、わが国の文学にとって独特の意味あいがあったんですね。昭和の初年にわが国の文壇を両分していたのは、横光利一とか川端康成などの、いわゆる新感覚派の作家たちと、小林多喜二とか中野重治などのプロレタリア陣営に属する作家たち――この二つのグループでした。

もちろんそれよりも年上の、例えば永井荷風とか、谷崎潤一郎とか、正宗白鳥とか、そういう大家たちは、それぞれの作風をいわば成熟させて、悠々たる制作を続けてはいるんですけれども、この新感覚派とプロレタリア文学が、非常に激しい、内的な動きを昭和初年の文壇に作った。ところが、それが時とともに、徐々にいろんなかたちの変形を強いられていくわけです。

新感覚派文学というものは、ただそれだけでは時代の流れと、時代のもつ意味あいというものに抵抗しがたいものになって、さまざまなかたちで内部改革を強いられる。また一方、プロレタリア文学も、昭和九年頃から、激しい当局の弾圧を食いまして、政治的転向を強いられるということが起こる。そういう時代的な動きのなかで、作家たちは新しい道を、時代に応じながら、時代のなかで生き続けるための、新しい道を模索するんです。

そのなかのひとつは、これは保田與重郎や亀井勝一郎といった作家や批評家たちによる「日本浪曼派」や、「コギト」に拠るグループなんです。彼らはそういう時代のなかで、それぞれの詩精神というものを甦らせるために、例えば、わが国の過去の伝統的な文学、またヨーロッパの中世文学、あるいはロマンチックな文学、ドイツ・ロマン派の文学、そういうものにひとつのきっかけを求めまして、そこで時代によって閉塞状態に遭っている自らの文学精神というものの、いわば甦りを狙ったわけですね。

ところが、いま一方、プロレタリア作家たちも政治的な転向を強いられたものですから、戦線を後退させながら、後退そのもののなかで、ある巻き返しを狙っている。それは、例えば、『人民文庫』という雑誌による一連の作家たち、これは武田麟太郎とか、高見順とか、そういう作家たちが中心になっているのですが、彼らはいわゆる散文精神というものを鼓吹する。そういう精神に支えられた批判的リアリズムというものを鼓吹する。例えば、高見順の『故旧忘れ得べき』という作品は、そういう姿勢を端的に示しています。こういうふうに『コギト』や『日本浪曼派』と、『人民文庫』との対立をはらんだからみあいが昭和一〇年代の文学というものの特徴を非常に鮮明に示しているわけです。

彼らは、こういうふうに激しく対立しながら、ある時代の表現を形作ったわけですけれども、彼らの狭間にあって、例えば、『四季』というグループがありました。これは、堀辰雄やその他の詩人たちによって作られるわけですけれども、そのグループがもっと平明な抒情精神、もっと日本の自然や、日本の人間観というものに柔かく則した、抒情精神というものを新しく摑み直そうとする。立原道造は、そういう状態のなかで文学的に成長していき、その表現というものを作り上げていったわけなんです。東京生まれの著者ですが、非常に早熟な若者で、例えば、一五歳の頃には、石川啄木、北原白秋、木下杢太郎、あるいは歌人の前田夕暮とか、そういう人々の作品を愛読している。さらに一八歳になりますと、ジャン・コクトー、レイモン・ラディゲ、ポール・ヴァレリー、そういうフランスの二〇世紀文学の小説家や詩人の作風に傾倒する。さらに、翌一九歳の頃には、ドイツのリルケ、あるいはフランスのプルースト、さらに一九世紀フランスのボードレールやランボーのような象徴派の詩人たちが彼の文学的教養のなかに入り込んでくる。さらに、二〇歳の頃には、萩原朔太郎の『氷島』にたいへん感動すると同時に、室生犀星やリルケに没頭するということがあるんですね。同時に、日本の古典文学、とりわけ『新古今和歌集』が彼の詩想を豊かにする。その詩的想像力を豊かにするということも起こる。

そういったさまざまな養分を非常に貪婪に、かつ正確に吸収しながら、彼は自分の詩的本質というものを磨き上げていったわけです。そういう詩人なんですけれども、彼においてもうひとつ注意しなければいけないのは、彼が通常の詩人たちのように、大学の文学部とか、そういった環境で学びながらその詩人としての歩みを進めたのではなくて、東京大学工学部の建築学科に入ったことです。建築家としてもたいへんな才能を示しまして、辰野賞という学科内で優秀な学生に与えられる賞を、実に在学中の三年にわたって受賞しているんです。これは詩人として金にならない詩を書いて生きていくための便宜的な仕事ではない。建築というものは、彼の精神の一番奥底に位置していたんですよ。

建築的なものと詩的なもの、これが立原という詩人の作品というものの、ふたつの基本的要素になっている、そう言えるだろうと思うのですが、こういう詩人はわが国の近代の詩を探ってみても、非常に稀なんですね。ある意味では、たいへん人工的な詩を彼は書く。しかし、この人工的な詩は、『詩と詩論』によるいろんな詩人たちの詩のように、メカニックな、無機的な、単なる機知的な遊びにすぎないような詩ではなく、いま一方で、先に新古今の名前を挙げましたけれども、新古今やその他の日本の伝統文学に関する非常に精密で正確な教養というものに裏づけられている。両方に同時に触れながら、その接点で彼の人工性というものが作り上げられていくわけです。ですから、この人工性というものは、いわば音楽のもっている人工性に等しい。音楽という芸術様式は、音というきわめて直接的な素材を扱っておりますけれども、同時に、音は非常に抽象的な材料でもある。非常に抽象的なものと、きわめて即物的なものが純粋なかたちで結びついたところに、音楽芸術というものが出来あがっているわけです。立原道造は、詩人として詩を書き、建築家としてさまざまな建築の設計を行なうと同時に、音楽を熱愛しているわけです。いわば、音楽というものが彼のなかの詩と、彼のなかの建築をひとつに結びつけるための、きわめて重要な媒介物になっているという、そういう趣きがみられるのです。

例えば、この『萱草に寄す』という詩集の中にも、何篇かにはSONATINEという副題が与えられています。そのことに気をつけながら読んでみますと、一見何気なく書かれているような詩でありながら、実に微妙な音楽性というものをいたるところに見ることができるんです。アレグロで始まった主題が、途中でテンポを緩めて、アンダンテに変わる。かと思うと、急速にプレストの早いリズムが入り込んでくる。そういう、つまり、音楽の小曲がもっているような魅力を彼の作品のいたるところに見て取ることができるのです。

これから幾つか彼の詩を聞いていただいて、私の感想を述べたいと思います。まず最初は、この詩集の冒頭に置かれた「はじめてのものに」という作品ですが……お聞きください。

はじめてのものに

ささやかな地異は　そのかたみに
灰を降らした　この村に　ひとしきり
灰はかなしい追憶のやうに　音たてて
樹木の梢に　家々の屋根に　降りしきつた

その夜　月は明かつたが　私はひとと
窓に凭れて語りあつた（その窓からは山の姿が見えた）
部屋の隅々に　峡谷のやうに　光と
よくひびく笑ひ声が溢れてゐた

——人の心を知ることは……人の心とは……
私は　そのひとが蛾を追ふ手つきを　あれは蛾を
把へようとするのだらうか　何かいぶかしかつた

いかな日にみねに灰の煙の立ち初めたか
火の山の物語と……また幾夜さかは　果して夢に
その夜習つたエリーザベトの物語を織つた

いまお聞きいただいた詩は、ソネットという詩型で書かれているんですね。ソネットといいますのは、四行詩ふたつと三行詩ふたつ、十四行で構成された詩形なのです。堅固な形式性と同時に、緩やかな展開性というものをもっている。詩人が好んで使う形式なんですけれども、立原道造はこの詩型を偏愛しておりまして、彼の作品の多くはこのソネット形式で書かれている。これは、彼のもっている、先にも触れましたあの意識性、建築性、音楽性、こういったものを生かすために非常に効果的である。こういうふうに彼には感じられたと思いますけれども、ただその建築性や音楽性のなかに、こうして聞いてみますと、彼は実に微妙な工夫を凝らし、実に不思議な、いわばヴァリエーションを作っていることがわかるんですね。冒頭の「ささやかな地異」と彼が言っておりますのは、実は、昭和一〇年の八月に、たまたま彼が信濃追分に滞在しておりましたときに、浅間山が噴火したわけですね。おそらく、その時の彼の経験がこういう詩の発想のひとつの動機になったのだろうと思われます。ただそれを「ささやかな地異」と言い、さらに「そのかたみに灰を降らした」というふうに展開することは、これは通常のいわゆる写実派の詩人にはできないだろうし、かといってロマンチックに自分の感情を込める、あるいは込めすぎる、そういう浪漫派的詩人にも多分できないことなので、この精妙に乾いた、鋭く結晶したことばの動き、これは立原道造独特のものであろうという気がいたします。それから、これは詩人の安藤元雄君が指摘していることですけれども、この「灰を降らした」という言い方ですね。これは正確な文法で言えば「灰を降らせた」となるべきである。「降らした」というのはこれは東京方言の一種であろう。安藤君はそういうふうに指摘しまして、ただしこの場合、このことばをもし「降らせた」と書けば、この詩句のもっている音楽性というものはたちまち崩れ去る。そういう東京方言を使ったこと、そのことのなかに立原道造の音楽性の表われをみることができるだろうというふうに言っておりましたけれども、これはたいへん卓見だろうと思います。

さらに第二節の「部屋の隅々に　峡谷のやうに　光と／よくひびく笑ひ声が溢れてゐた」――この詩句のもっているくっきりと鮮やかな、きわめて精密に結晶した、しかもまことに自在な効果はなんとも無類のものだと思うんですね。その次に三行詩ふたつがやってくるわけですけれども、この三行詩ふたつのことばの動きというものは、実は私は最初の頃はよくわからなかった。つまり一種舌たらずな、持って回った言い方に聞こえましてね。その前の「峡谷のやうに　光と／よくひびく笑ひ声が溢れてゐた」という詩句が鮮やかであればあるだけ、この持って回った舌たらずな言い方がなんとも気に障った経験がある。そういうことで、立原道造と私との最初の出会いは、必ずしも幸福ではなかったわけですけれども、何度も読んでおりますと、この非常に生き生きとしたアレグロで書かれた詩句のなかに、テンポを緩めてこのことばが入り込んでくるということ、このことが、実はこの詩人の工夫であったということがだんだんわかってくるわけです。こういう速さと緩やかさというものに関する精密な計算があり、そういった計算のあとで「また幾夜さかは　果たして夢に／その夜習つたエリーザベトの物語を織つた」というふうに最終のことばがやってくる。これはおそらく、ドイツ・ロマン派文学の名残でしょうけれども、このいろんな要素の組合せ方が、いささかの渋滞もなく、いささかの余分な効果の露出もなく、実に見事に出来ている。では、次の詩をお聞きください。

また或る夜に

私らはたたずむであらう　霧のなかに
霧は山の沖にながれ　月のおもを
投箭《なげや》のやうにかすめ　私らをつつむであらう
灰の帷のやうに

私らは別れるであらう　知ることもなしに
知られることもなく　あの出会つた

雲のやうに　私らは忘れるであらう
水脈のやうに

その道は銀の道　私らは行くであらう
ひとりはなれ……（ひとりひとりを
夕ぐれになぜ待つことをおぼえたか）

私らは二たび逢はぬであらう　昔おもふ
月のかがみはあのよるをうつしてゐると
私らはただそれをくりかへすであらう

お聞きいただいて、この詩のもっている実に見事な音楽性はおわかりいただけると思います。定型、つまり韻を踏んだ詩ではないんですが、いたるところに一種の頭韻のようなものや脚韻的な響きがはめ込まれている。それがいささかも詩を強ばった、機械的なものにせずに、私たちをある非常に微妙な音楽のなかに引き込むのです。「私らは」「私らは」と、そういうことばがまず続きますが、一方「私らをつつむであらう」「私らは忘れるであらう」「私らは行くであらう」、こんなふうに次々と同じことば遣いというものが現われまして、それが前後のことばの動きのなかで、微妙に転調しながら、非常に新鮮な効果を生み出しておりますね。その第三節目の「私らは行くであらう／ひとりはなれ……」のあとに、「ひとりはひとりを／夕ぐれになぜ待つことをおぼえたか」といったことばがはめ込まれているわけですが、さらに最終章で「昔おもふ／月のかがみは」云々と言われる。これらは明らかに新古今の和歌の本歌取りですね。だけどこの本歌取りはけっしてなまなかたちでは行なわれない。詩の動きのなかに実に自然に溶かしこまれている。そして全体のたいへん音楽的な効果を形作っているのです。私が愛読している作品です。では次の詩をお聞きください。

わかれる昼に

ゆさぶれ　青い梢を
もぎとれ　青い木の実を
ひとよ　昼はとほく澄みわたるので
私のかへつて行く故里が　どこかとほくにあるやうだ

何もみな　うつとりと今は親切にしてくれる
追憶よりも淡く　すこしもちがはない静かさで

単調な　浮雲と風のもつれあひも
きのふの私のうたつてゐたままに

弱い心を　投げあげろ
嚙みすてた青くさい核《たね》を放るやうに
ゆさぶれ　ゆさぶれ

ひとよ
いろいろなものがやさしく見いるので
唇を嚙んで　私は憤ることが出来ないやうだ

立原道造『萱草に寄す』

この詩の最初の二行「ゆさぶれ　青い梢を／もぎとれ　青い木の実を」これは、立原の詩にしては、珍しいほど、非常に激しい、速い口調で語られています。しかしながら、そういう激しい口調が、その次の二行では「ひとよ　昼はとほく澄みわたるので／私のかへつて行く故里が　どこかとほくにあるやうだ」というふうに受けられる。この激しさと、激しさが収斂する非常に静けさの染みとおった透明な世界、この結びつきもまた、この詩の効果であろうと思われる。こういう透明な世界、それからそれを覆っている一種微妙な倦怠、そのなかに染みとおるあるもの哀しさ。これは立原独特のものなので、例えば、彼とほぼ同時代で少し年上の中原中也の詩と比べてみますと、両者の倦怠と孤独の質の違いがはっきりわかるんですね。中原中也に「ゆきてかへらぬ」という詩がありまして、その冒頭で、中也はこんなふうにうたいます。

僕は此の世の果てにゐた　陽は温暖に降り洒ぎ、風邪は花々揺つてゐた。

木橋の、埃りは終日、沈黙し、ポストは終日赫々と、風車を付けた乳母車、いつも街上に停つてゐた。

中也のこの詩には、「乳母車」とか「木橋」とか、そういう現実の雑駁な事物に対する、ある捨て身な愛着というものが染みとおっている。そういうものと詩人の倦怠とが結びつくことによって、独特の魅力を作っているんですが、立原道造の場合にはそういうかたちでの現実の空気というものは入り込んでこない。これほど激しくうたい始めていながらも、そういう現実の雰囲気のかわりに、もっと透明な、いわば想像力と感受性の世界というものが、ここには生きているんですね。この詩にうたわれている場所がどこなのか、具体的にどういう町であり、どういう状況なのかということも、実ははっきりわからない。明らかにこれはおそらく彼が好んだ追分の風景なのでしょうが、その風景が、いわば彼の心象風景と重なり合っている。そういう点に、立原道造の特質のひとつがあるように私には思われます。では次の詩をお聞きください。

のちのおもひに

夢はいつもかへつて行つた　山の麓のさびしい村に
水引草に風が立ち
草ひばりのうたひやまない
しづまりかへつた午さがりの林道を

うららかに青い空には陽がてり　火山は眠つてゐた
——そして私は
見て来たものを　島々を　波を　岬を　日光月光を
だれもきいてゐないと知りながら　語りつづけた……

夢は　そのさきには　もうゆかない
なにもかも　忘れ果てようとおもひ
忘れつくしたことさへ　忘れてしまつたときには

夢は　そのときには　もうゆかない
なにもかも　忘れ果てようと思ひ
忘れつくしたことさへ　忘れてしまつたときには

夢は　真冬の追憶のうちに凍るであらう
そして　それは戸をあけて　寂寥のなかに
星くづにてらされた道を過ぎ去るであらう

この詩についても、先ほどの詩と同じことが言えるだろうと思います。おそらくこの詩は、立原道造の詩のなかでも、最も人口に膾炙した、最も愛好者の多い詩であろうと思いますが、それはおそらく第一節の「水引草に風が立ち／草ひばりのうたひやまない／しづまりかへつた午さがりの林道を」といったことば遣いのもっている、ある甘美な優しさのせいだろうと思う。けれどもこれは、実は単に甘美な優しさといったことばで片づけることのできるようなものではないので、こういう一種の心象風景のようなものを支えるのは、最後の節の「夢は　真冬の追憶のうちに凍るであらう」、あるいはその一行前の「なにもかも　忘れ果てようとおもひ／忘れつくしたことさへ　忘れてしまつたときには」ということばなんですよ。冒頭の甘美なイメージがゆっくりと凍りついてゆくようなおもむきがここにはある。自分の心の動きを自分で食い尽くしていくような、その果てに一種の虚無を見るような、こういう詩人の意識の地獄と言うと言い過ぎかもしれませんが、あえてそう言っても構わないような、そういう非常に深い虚無感というものがあるんです。この深い虚無感というものが、一見甘美な、このことばの動きを奥深いところで支えておりまして、この両者の関わりというものが、この詩の広がりを作っているんですね。立原は病気がちで、なかなか旅行もできませんでしたけれども、旅行するとすぐに人々に手紙を出す。会う人ごとに旅行の経験を語る。こういう彼の経験が「だれもきいてゐないと知りながら、語りつづけた……」というような詩句のなかに影を落としていると思います。彼はそれを具体的ななんらかのイメージに頼ることによって行なうのではなく、ことばの力だけで、非常に透明に、非常に精密に築きあげようとしている。そういう点に着目して読み直してみますと、この甘美性そのものの、ある奥深い意味あいというものが、だんだんと見えてくるような気がするのです。それでは次の詩をお聞きください。

虹とひとと

雨あがりのしづかな風がそよいでゐた　あのとき
叢は霧の雫にまだ濡れて　蜘蛛の念珠《おじゆず》も光つてゐた

東の空には　ゆるやかな虹がかかつてゐた
僕らはだまつて立つてゐた　黙つて！

ああ何もかもあのままだ　おまへはそのとき
僕を見上げてゐた　僕には何もすることがなかつたから
（僕はおまへを愛してゐたのに）
（おまへは僕を愛してゐたのに）

また風が吹いてゐる　また雲がながれてゐる
明るい青い暑い空に　何のかはりもなかつたやうに
小鳥のうたがひびいてゐる　花のいろがにほつてゐる
おまへの睫毛にも　ちひさな虹が憩《やす》んでゐることだらう
（しかしおまへはもう僕を愛してゐない
僕はもうおまへを愛してゐない）

二番目にお聞きいただいた「またある夜に」という詩に、定家の歌を踏まえた「ひとりはひとりを／夕ぐれになぜ待つことをおぼえたか」というたいへん甘美なことばがありましたが、この詩は、そのふたりの男女の一種の心のかかわりが主題になっています。「(僕はおまへを愛してゐたのに)／(おまへは僕を愛してゐたのに)」という第二節のことばと、最終節の「(しかしおまへはもう僕を愛してゐない／僕はもうおまへを愛してゐない)」という二行。この二箇所の対照のなかに、抒情が流れている。この構造も非常に堅固によくできておりまして、立原道造がこの作品にSONATINE No2という題を付けていることからもよくわかります。一種の対位法的な効果と言ってもいいようなものが、たいへん効果的に生かされているように思われます。では次の詩をお聞きください。

夏の弔ひ

逝いた私の時たちが
私の心を金《きん》にした　傷つかぬやう傷は早く愎《なほ》るやうにと
昨日と明日との間には
ふかい紺青の溝がひかれて過ぎてゐる

投げて捨てたのは
涙のしみの目立つ小さい紙のきれはしだつた

泡立つ白い波のなかに　或る夕べ
何もがすべて消えてしまつた！　筋書きどほりに

それから　私は旅人になり　いくつも過ぎた
月の光にてらされた岬々の村々を
暑い　涸《かは》いた野を

おぼえてゐたら！　私はもう一度かへりたい
どこか？　あの場所へ（あの記憶がある
私が待ち　それを　しづかに諦めた――）

「夏の弔ひ」という題はとても面白いですね。つまりここには、夏の季節感というものが非常に見事に捉えられている。ただそれは、非常に強く現われていると同時に、そのなかに一種の虚無が入り込んでいる。そういう季節感のもつ二重構造のようなものだけを主題にしてこのことばの建築物、このことばの音楽というものが出来上がっているんですね。最後に「どこか？　あの場所へ」とあって、「（あの記憶がある／私が待ち　それを　しづかに諦めた――）」と結ばれますが、この結びは、軽やかで正確で、たいへん見事であると思います。では次の詩をお聞きください。

忘れてしまつて

深い秋が訪れた！（春を含んで）
湖は陽にかがやいて光つてゐる
鳥はひろいひろい空を飛びながら
色どりのきれいな山の腹を峡の方に行く

葡萄も無花果も豊かに熟れた
もう穀物の収穫ははじまつてゐる
雲がひとつふたつながれて行くのは
草の上に眺めながら寝そべつてゐよう

私は　ひとりに　とりのこされた！
私の眼はもう凋落を見るにはあまりに明るい
しかしその眼は時の祝祭に耐へないちひささ！

立原道造『萱草に寄す』

このままで　暖かな冬がめぐらう
風が木の葉を播き散らす日にも――私は信じる
静かな音楽にかなふ和やかだけで　と

先ほどの詩が夏の季節感、こういうものを非常に正確に、みずみずしく摑んでいたのに対して、この詩においては、深い秋、いわば秋の季節感というものが新鮮に捉え返されているような、そんな気が私にはいたします。「深い秋が訪れた！」とまず言いながら、すぐ続けて「（春を含んで）」こういうことばがある。この「深い秋」と「春を含む」というこの言い方そのもののなかに、立原道造が単なる習慣的な常識的な季節感ではなくて、二重、三重の構造をもった、そういう季節感というものをわがものにしているということが、明らかに感じられます。しかもまた同時に、この詩のなかの第三節には「私の眼はもう凋落を見るにはあまりに明るい／しかしその眼は時の祝祭に耐へないちひささ！」という非常に重要なことばがやってくる。「凋落を見るにはあまりに明るい」という非常に重要なことばがやってくる。「凋落を見るにはあまりに明るい」というこの眼。この眼の自覚というものが、立原道造の倨傲を作っているのでしょうけれども、同時にそこには「時の祝祭に耐へないちひささ」ということの自覚もある。こういう倨傲と、謙虚さ。この両者の結びつきのなかに立原の詩というものが展開するように思われるんですね。その結びつきを通して、先ほど、春を含んだ深い秋、と言われていたものが、やがて「暖かな冬がめぐらう」というふうに展開していきます。ここにはまた、秋から冬にかけての時の流れというものが、非常に新鮮な観点から生かされている。こうしたことをあれこれ考えてみますと、立原道造が一見そう思われるような、単に甘美な、単に信濃追分的抒情に身を委ねた、単に都会的な、そういう詩人ではなく、もっと奥深いところから抒情というものを摑み直し、それを、あの病弱な身体でありながら、きわめて徹底的に押し進めたということが明らかになるように、そんなふうに私には思われます。

草野心平の人と作品

草野心平さんは一九八八年の十一月十二日になくなりましたから、間もなく没後十年ということになります。そういうときに、草野さんの故郷であるこの小川町に——昔は石城群上小川村といいましたが——この記念文学館ができたのは実に嬉しいことです。ここは草野さんの生家にもほど近いのですが、ここへやって来て、おさない草野さんを育んだ自然のなかに立ち、草野さんが眺めた山や野を眺め、その背後にひろがる空を眺めていますと、草野さんの存在が、実に身近なものに感じられてくるんです。そして館内に入って、草野さんの著書や原稿や書や絵やさまざまな遺品を前にしていると、草野さんのあの無類の微笑みや、あのしゃがれた独特の声が甦り、草野さんの気配があたり一帯に立ち込めてくる。この文学館に来られた方々も、たとえ草野さんを直接知らない方でも、まさしく天成の詩人と言うほかはないこの詩人の不思議な魅力を、その息づかいや体臭を、なまなましくお感じになったのではないでしょうか。

たしか中学に入ったばかりのころだと思いますが、たまたま何かで草野さんの蛙の詩を読んでたいへんおもしろかった。これが草野心平という詩人との最初の出会いです。これはもちろん、蛙という風変わりな題材に好奇心をそそられたせいもあるけれども、そればかりじゃない。そこに出て来る蛙がじつに魅力的なんですね。草野さんはよく「蛙の詩人」と言われますけれども、彼の蛙の詩は、蛙を擬人化したものじゃまったくないんです。擬人化どころか、当時、戦争中ということもあって私のまわりでヒステリックに叫んでいた世の大人たちよりも、その蛙たちの方が、はるかに生き生きした、ある意味ではるかに人間的な存在だという気がしましたね。

草野さんの存在を感じた「わが抒情詩」

ふつう草野さんの第一詩集とされているのは一九二八年に出版された『第百階級』ですが、「第百階級」とは蛙のことで、この詩集は全巻蛙が主題となっています。それからあとも、蛙は草野さんの親しい存在であり続けていますが、草野さんは、犬好きや猫好きが犬や猫をかわいがるように蛙をかわいがっているわけじゃないんですね。「蛙の詩人」ということで、草野さんのお宅に行けば、蛙の絵や置物や玩具などがいっぱいあるだろうと考えがちですが、そういうものはまったくない。草野さんには、自分を中心として、生きものや物を集めたり愛玩したりする趣味はないんです。仲間としてそれらとともに生きるだけなんですよ。そんなふうにともに生きるうちに「蛙」もだんだん成長してくる。初期の詩に現われる蛙には、時としてまだ心理的なところがありましたけれども、やがて、蛙でありながら、蛙をこえたものをはらむようになる。劫初の昔からわれわれを包みわれわれを運んできた空間と時間とを体現したような存在になってゆくんです。

こんなふうに、蛙の詩によって草野心平という詩人の存在を知ったのですが、なにしろ戦争中で、おまけにまだ中学生のころですからね、いまのように、興味をもったからといって、さっそく、すでに何冊も出ていた彼の詩集を買ったり借りたりするわけにはいかないんです。それ以上この詩人に近づくことはできなかったんですよ。ところが、戦後間もないころ、たしか昭和二十二年だったと思いますが、たまたま「創元」という雑誌で、草野さんの「わが抒情詩」というかなり長い詩を読んで、全身を揺り動かされるような感銘を受けました。一度読んだだけなのに、読み終わったとき、ほとんどそらんじていたほどなんですよ。この経験で、草野心平という存在が、おさない私が蛙の詩で味わった興味を超えて、一挙に、私のなかの一番奥深いところに入り込んできたと言っていいと思います。たまたま文学座の小池朝雄さんがこの詩を朗読したものがありますので、それをお聴きください。古いレコードを私が自分でダビングしたので、お聴きづらいと思いますが。

「くらあい天《そら》だ底なしの。／くらあい道だはてのない。／どこまでつづくまつ暗な。／電燈ひとつついてやしない底なしの。／くらあい道を歩いてゆく。〃ああああああ。／おれのこころは。／どこいつた。／おれのこころはどこにゐる。／きのふはおれもめしをくひ。／けふまたおれは。／わらつてゐた。〃どこまでつづくこの暗い。／道だかなんだかわからない。／うたつておれは歩いてゐるが。／うたつておれは歩いてゐるが。〃ああああああ。／去年はおれも酒をのみ。／きのふもおれはのんだのだ。／どこへ行つたか知らないが。／こころの穴ががらんとあき。／めうちきりんにいたむのだ。〃ここは日本のどこかのはてで。／或ひはきのふもけふも暮らしてゐる。／都《と》のまんなかかもしれないが。／電燈ひとつついていやしない。／どこをみたつてまつくらだ。／ヴァイオリンの音がきこえるな。／と思つたのも錯覚だ。〃ああああああ。／むかしおれも。／鵞鳥や犬をあいしたもんだ。／人ならなほさら。／愛したもんだ。／それなのに今はなんにも。／できないよ。〃歩いてゐるのもあきたんだが。／ちよいと腰かけるところもないし。／白状するが家もない。／ちよいと寄りかかるにしてからが。／闇は空気でできてゐる。〃ああああああ。／むかしはおれも。／ずゐぶんひとから愛された。／いまは余計に愛される。／鉄よりも鉛よりも。／おもたい愛はおもすぎる。／またそれを。／それをそつくりいただくほど。／おれは厚顔無恥ではない。／おれのこころの穴だつて。／くらやみが眠るくらゐがいつぱいだ。〃なんたるくらい底なしの。／どこまでつづくはてなしの。／ここらあたりはどこなのだ。／いつたいおれはどのへんの。／どこをこんなに歩いてゐる。〃ああああああ。／むかしはおれのうちだつて。／田舎としての家柄だつた。／いまだうてやはり家柄だ。／むかしはわれらの日本も。／たしかにりつぱな国柄だつた。／いまだつてやはり国柄だ。〃いまでは然し電燈ひとつついていない。／どこもかしこもくらやみだ。／起床喇叭はうるさいが。／考へる喇叭くらゐはあつていい。〃ああああああ。／おれのこころはがらんとあき。／はひつてくるのは寒さだが。／寒さと寒さをかちあはせれば。／すこしぐらゐは熱がでる。／すこしぐらゐは出るだらう。／蛙やたとへば鳥などは。／もう考へることもよしてしまつていいやうな。／いや始めつからそんな具合にできてるが。／人間はくりかへしにしても確たるなんかのはじめはいまだ。／とくにも日本はさうなので。／考へることにはじまつてそいつをどうかするやうな。／さういう仕掛けになるならば。／がたぴしの力ではなくて愛を求める。／愛ではなくて美を求める。／さういう道ができるなら。／例へばひとりに。／お茶の花ほどのちょっぴりな。／そんなひかりは咲くだらう。／それがやがては物凄い。／大光芒にもなるだろう。〃ああああああ。／きのふおれもめしをくひ。／けふまたおれはうどんをくつた。／これではまいにちくふだけで。／それはたしかにしあはせだが。／こころの穴はふさがらない。／こころの穴はきりきりいたむ。〃くらあい天（そら）だ底なしの。／くらあい道だはてのない。」

時代を踏みしめて歩く

いかがでしたか。草野さんが中国から引き揚げてきたのは、昭和二十一年の春のことですから、帰国後まだ間もないころの作品です。そのころのわが国は、戦後の混乱のまっただなかにありました。暗い、デスペレートな、自暴自棄な気分に身を委ねている人間がいるかと思うと、昨日までの自分の言動をきれいさっぱり忘れ去って、頼まれもしないのににわか作りの民主主義のチンドン屋を引き受けている、なんとも軽薄な、陽気な人間がいます。自分自身をいたぶっているようで、実は感傷と自虐にうっとりしているだけといった人間がいるかと思うと、自分だけは別の世界に生きてきたかのように他人や社会を責めることに狂奔している人間がいます。当時私は京都の旧制高校に通っていて、私自身このような時代と社会の混乱に引きずりまわされていたんですが、そういう私にとって、草野さんの詩は、当時めったに聴くことのなかった、なんの飾りもなくポーズもなく、まっすぐに自分の心に突き当った、生き生きとした肉声という気がしました。もちろん草野さんは、時代の暗さから眼をそらしているわけじゃない。それと向かい合い、それに身をさらしていて、「くらあい天《そら》だ底なしの。／くらあい道だはてのない」という最初の二行を読んだだけでもそれはわかります。たしかにこの詩は暗い。だけど、読み進んでゆくと、その暗さのなかから、時代を踏みしめて歩いてゆくなんとも男らしい足音が、そのしっかりとしたリズムが聞こえてくるんです。暗い世界そのものにぴったりと我が身を重ね合わせながらも、その暗さに巻き込まれることのない、そういう草野さん独特の姿勢が、この歩みのなかで刻々に顕わになってくるんですよ。

この詩のあとの方に「寒さと寒さをかちあはせれば。／すこしぐらゐは熱がでる。／すこしぐらゐは出るだらう」ということばがありますが、これも草野さんのそういう姿勢の端的なあらわれです。しかもこの熱は「すこしぐらゐの熱」にはとどまらない。もう少し先の方で、草野さんは「人間はくりかへしにしても確たるなんかのはじめはいまだ」と言い、さらに「がたぴしの力ではなくて愛を求める。／愛ではなくて美を求める。／さういふ道ができるなら。／例へばひとりに。／お茶の花ほどのちよつぴりな。／そんなひかりは咲くだろう。／それがやがては物凄い。／大光芒にもなるだらう」と言います。こんなふうに、暗さを踏まえ暗さに身をさらすというまさしくそういうことから、いささかの空想性も観念性もない「愛」や「美」への確信が生き生きと身を起こしてくるんですよ。しかも草野さんは、この確信にただのんびりと身を委ねているわけじゃない。やはり「こころの穴はふさがらない」んです。「こころの穴はきりきりいたむ」んですよ。そしてまた「くらあい天《そら》だ底なしの。／くらあい道だはてのない」という、あのうめきとも嘆きとも叫びともつかぬリフレーンが始まるんですよ。これは、本当に見事ですね。

このとき以来、草野心平は、私にとってもっとも重要な存在のひとりとなりました。そうは言っても、そういう時代ですから古本屋で草野さんの詩集を見つけることはむずかしい。学校の図書館や市の図書館、それに詩に精しい知人などから借りてきて、草野さんの戦前の詩を次々と読んでいったのですが、読めば読むほどますますおもしろくなりましたね。最初に触れた蛙の詩にしても、まとめて読んでみると、そこにも「わが抒情詩」と同じように、世界の根源的な運動に生き生きと相応じている草野さんの心の動きが感じられるんです。蛙の詩をいくつか、やはり小池朝雄さんが朗読しているテープがありますのでお聴きください。最初は「秋の夜の会話」、これは初期の蛙の詩のなかの代表的なもののひとつです。

「さむいね／ああさむいね／虫がないてるね／ああ虫がないてるね／もうすぐ土の中だね／土の中はいやだね／痩せたね／君もずゐぶん痩せたね／どこがこんなに切ないだらうね／腹だらうかね／腹とつたら死ぬだらうね／死にたくはないね／さむいね／ああ虫がないているね」

こういう詩です。間もなく冬を迎えようとしている秋の夜に二匹の蛙が語り合っているが、この会話は実にいい。蛙それぞれの心がなんの飾りも感傷もなく語られ、それが相手の心のなかに直截に入り込んでゆくんです。それればかりじゃない。このやりとりを聴いていると、彼らをいやおうなく秋から冬へと運んでゆく絶対的な時間の流れが感じられるんです。

もうひとつ聴いていただきましょう。これも『第百階級』に収められている「亡霊」という詩です。

「蛇めがおれの口に食はれをるわ／みみずのやうに食はれをるわ／つめたくぬるぬるしておいしいわ〃わひ　わひ　わひ／らりらら　らりらら〃踊れるわ　踊れるわ／脚が生えをるわ／五本六本　十本　十本〃わひ　わひ　わひ／らりらら　らりらら〃ウフフッ蛇めらが逃げるわ／畔

から　畔から　田圃から　畔から／逃げをるわ　逃げをるわ／さあ　みんな集まりなされ／たんぽぽにすかんぽに火をつけなされ／田のお祭りだ　万歳祭りだ〃わひ　わひ　わひ／らりららりらら〃青紫の　毒薬色の／空が　田圃が／ぐるぐるぐる／レンズになつて廻りをるわ　廻りをるわ」

ここで語っているのは「亡霊」となった蛙ですが、蛇に喰われる存在である蛙が、「亡霊」となることで逆に蛇を喰うという着想がまことに草野さんらしいですね。もっともここで草野さんは、蛙に味方して蛇に復讐しているわけじゃない。喰うものがまた喰われるという、残酷さをはらんだ生の全体を凝視しているんです。それから、この詩で亡霊が口にしている「わひ　わひわひ／らりらら　らりらら」という叫びも実におもしろい。この詩に限らず、草野さんの蛙の詩にはいわゆる「蛙語」があふれていますが、それは蛙の鳴声をそれらしく真似したものじゃまったくない。草野さんが蛙と合体し、まさしく蛙語と言うしかないものが生まれるんです。

山本太郎に誘われての出会い

もちろん蛙の詩ばかりじゃなく、ほかの詩も読みました。昭和十五年に出た『絶景』は、私のたいへん好きな詩集ですが、そのなかの「Bering-Fantasy」などは、眼前のものを凝視すると同時に、それを超えてそれを包む宇宙的なものと響き合う草野さんの姿が端的に現われた見事な詩です。最初の詩章で草野さんは「海は己れの海鳴りをきき。／天は己れの天をみつめ。〃なだれる波に波はくづれ。／天はどこまでもの天につづき。〃海は非情の海鳴りをきき。／天は非情のからなりをきき」とうたっていますが、こういう壮大な眺めが、いささかも空疎なところも大げさなところもなく、このように鋭く結晶したかたちでうたわれているのは稀なことです。しかも草野さんは、それを静止した姿としてはとらえない。きわめて動的な、みずからを振り返ることがそのままみずからを乗り越えることであるような姿でとらえているんですよ。個々の存在のなかの脈動が宇宙全体の脈動と相応じており、草野さん自身もそれに響き合いながらそれらとともに生きるのです。

当然、草野さんの新しい詩集やエッセイ集なども次々と読むようになったのですが、面識をえたのはかなりあと、一九六〇年代になってからです。友人に山本太郎さんという詩人がいましてね。彼は草野さんと同じく「歴程」というグループの同人なんですが、あるとき「暮れに『歴程』の忘年会をやるんだけど出て来ないか。おまえを是非心平さんに紹介したいんだ」と言うんです。「ああ、いいよ」というわけで、神田裏のうすぎたないレストランでやってるその忘年会に出かけました。私の顔を見た山本太郎は「おお、来てくれたか」と言い、それから草野さんに「心平さん、これが粟津則雄です。いいでしょう」と言って紹介してくれたんですよ。すると草野さんは、あの細い眼をカッと見開いて、全身眼になったような顔で私を見つめるんです。私はただ「粟津です」と言って、そのまなざしを受けとめていたんだけれども、次の瞬間、草野さんの表情がふっと崩れて、顔中をくしゃくしゃにした、あたたかくて人なつっこい、無類の笑顔になりましてね。それにごく自然に包み込まれてしまうんです。これはなんとも忘れがたい経験でしたね。

ここには草野心平という人の本質が端的に現われています。草野さんはこういう人なんですよ。相手は人間だけに限らない。動物だろうが、植物だろうが、魚だろうが、石ころだろうが、山や海や空だろうが、まず、あのカッと眼を見開いた、全身眼になったような顔つきで見つめ、次の瞬間、あの無類の笑顔によってそれらと合体する。実に生き生きとした生命感のなかでそれらとともに生きるんですよ。草野さんの生は、この繰り返しなんですね。その常に新たな、常にみずみずしい繰り返しなんです。

だから草野さんはこのような生き生きとした生命観の流露を阻むような存在に対しては猛烈に腹を立てます。権威や権力をかさに着た奴、観念でこわばった奴、感傷でべとべとした奴、冷笑的であることが何か高級なことと思い込んでる奴、そういう連中が大嫌いなんですよ。草野さんが腹を立てた姿を何度か見たことがありますけれども、なんとも容赦のないものでしたね。独特のしゃがれ声を振りしぼって、時には身体をふるわせて怒鳴り出すんですよ。これは、単に気にくわない奴をやっつけるというだけのことじゃないんです。生命の自然な流露を阻む生き方、感じ方、考え方に対する、草野さんの生命感そのものから発する、全身全霊をもってする怒りなんです。生命感を回復しようとする激しい欲求がおのずからこういうかたちをとるんですよ。

詩にみる少年の草野さん

草野さんのこのような気質、このような欲求は、天成のものだったようですね。草野さんは、一九〇三年、明治三十六年の五月十二日にこの小川町で生まれていますが、おそろしく癇の強い少年でしてね、その癇の強さたるや、並大抵のものじゃなかった。爪は鋏で切らないで歯で喰いちぎる。鉛筆はかじる。教科書の印刷されていない部分は噛み切って食べてしまう。それぱかりか、家のかげにかくれていて、通りがかりの人に噛みついたというんですよ。おまけに、しばしばひどい引きつけを起こして、医者から、十九歳まで生きられないと言われていたようですね。この「噛む」という行為には、草野さんの世界や人間とのかかわり方が端的に現われているんですが、晩年の「噛む」という詩はこのことを主題にしています。こんな詩です。

「阿武隈山脈はなだらかだつた。〳〵だのに自分は。／よく噛んだ。／鉛筆の軸も。／鉛色の芯も。〳〵阿武隈の天は青く。／雲は悠悠流れてゐた。〳〵けれども自分は。／よく噛んだ。／国語読本の欄外はくしやくしやになり。／活字の行まで噛みきると。／空白になつた分は暗誦した。〳〵小学校は田ん圃の中にぽつんとあり。／春は陽炎につつまれてゐた。〳〵だのに自分は女の子の腕にかみついて。／先生にひどくしかられた。〃ゆったり薄の丘や。／昼はうぐいす。〃だのに自分は。／カンシャクをおこすとひきつけた。／バケツの水をザンブリかけられ。／やうやく正気にもどったりした。〃指先の爪は切らなかった。／鋏のかはりに。／歯で噛んだ。〃なだらかな阿武隈の山脈（やまなみ）のひとところに。／大花崗岩が屹ッ立つてゐた。／鉄の鎖につかまってよぢ登るのだが。／その二箭山《フタツヤサン》のガギガギザラザラが。／少年の頃の自分だつた。〃阿武隈の天は高く。／雲は悠悠流れてゐたのに。」

こういう少年は、周囲と、適当な距離をとった安定した関係を保つことができないでしょう。そういう関係を保つには、彼のなかにたぎっている生命力があまりに激しすぎる。周囲とかかわろうとすると、相手に噛みつき飲み込み、そのようにして相手と合体をせざるをえないといったところがある。そうすることではじめて、相手と本当に結びついたという気がするんですね。

こういう兇暴な生命力と、前に申し上げた、あらゆるものとともに生きる共生感との刻々に新たな合体が、草野心平という人を作っているんです。この共生感は、いわゆる平等主義とは違います。平等と言っても、ふつうは、自分という人間を中心に置いたうえで、あとのものはいっしょくたにして、「平等」という抽象的な概念のなかに投げ込んでしまう。対象それぞれの手触りも表情もない。その点、草野さんは、そのひとつひとつをあのまなざしで見つめ、次いであの笑顔をもってともに生きるんです。知性の武器も、感情の武装も捨て、常に心を全開して、相手を迎え入れる。それが草野さんにとっての「共生」なんです。草野さんには『植物も動物』という詩集があります。また「魚だって人間なんだ」という不思議なタイトルの詩もあります。これらはみな、草野さんのこのような根幹から発しているんですよ。

接触恐怖の現代こそ必要な共生感

現在、人間と人間との関係がなんとも白々しく空疎なものになっているでしょう。乗り物に乗っても、隣りの人とのあいだにすき間があいていてもつめようとしない。あれは、礼儀知らずとか心づかいの欠如とかいうよりも一種の接触恐怖なんですね。誰もかれも、ひどく白々と孤立してしまっている。自分の個性を守ることで孤立しているのならいいんだけれども、そうじゃない。他人との関係に深入りすることがこわいというだけなんですよ。こういう人びとに限って、ひとつ間違えば、たちまち、集団心理や集団ヒステリーに巻き込まれてしまうことになります。自分の個性の手触わりも、周囲の人びとのそれぞれ異なった存在感も手触わりもないんですからね。というわけで、他人との接触は嫌うくせに、携帯電話は大好きで、絶えず電話で他人と話していないと不安で仕方がないという妙なことになるんですよ。こういうことを感じるにつけても、草野さんが体現しているあの生き生きとした共生感が、いまほど必要な時はないという気がしてくるんです。

このような草野さんをまず育てたのは、まずこの小川町の自然でしょう。彼は中学三年のとき、磐城中学を退学して東京に出るのですが、この文学館にやって来て、周囲の野や山を眺めていると、おさない草野さんが、人に嚙みついたり引きつけを起こしたりしながらも、支えられ育くまれていた自然の表情がはっきりと感じられます。先ほどお聴きいただいた「嚙む」という詩が「阿武隈山脈はなだらかだつた」という詩句で始まり、「阿武隈の天は青く。／雲は悠悠流れてゐたのに」という詩句で結ばれていることからもそれはうかがえるのですが、今日はこのあたりの方も大勢来ていらっしゃるようなので、もうひとつ、昭和十七年の十月に書いた「故郷の入口」という詩を聴いていただきます。こんな詩です。

「たうとう磐城平に着いた。／いままで見なかつたガソリンカーが待つてゐる。／四年前まではなかったガソリンカーだ。／小川郷行ガソリンカーに乗り換へる。／知つてゐる顔が一つもない。／だんだん車内は混んでくる。／中学生や女学生たちもはひつてくる。／知つている顔は一つもない。」

こんなふうに始まって、そのあと、草野さんが親しかった三野混沌という郷土の詩人や、いまこの文学館で展覧会をやっている猪狩満直という詩人などの思い出が語られているのですが、やがてガソリンカーは終点に着きます。詩はこんなふうに結ばれるのです。

「小川郷。／これが昔もいまもふるさとの駅だ。／これがあの何度も何度もの砂利だ。／ああ見える。／眼前に仰ぐ二箭山《フタツヤサン》。／阿武隈山脈南端の。／美しい山。／美しい天。／おれは泪にあふれながらおもちゃのような地下道をくぐる。」

故郷小川から中国へ

草野さんと「故郷」とのつながりがよくわかりますが、おさない草野さんはそれに身を委ね続けていることはできない。磐城中学を退学して東京に出ます。だけど、東京にも我慢できなくなって、中国へ渡り、広東の嶺南大学に入るんです。日本のせせこましい世間が耐えがたくなったんでしょうけれども、それにしても、中国に出かけたのはいかにも草野さんらしいですね。当時の文学者にしても芸術家にしても、出かけるとなればアメリカかヨーロッパです。光太郎にしても藤村にしても、また金子光晴にしても皆そうです。草野さんは、他と比較して、意識して中国を選んだわけではなく、知人の伝手があったということがきっかけになったらしいけれども、結局のところ、草野さんの本能が、もっともふさわしい場所に導いたんでしょうね。中国のとてつもない、情容赦もないと言いたいような自然のひろがり、そういう大地の上で這いつくばって生きているような無数の人間たちの生き方。こういったものが、せせこましい人工性とは無縁な、根源的な生命感の現われとして、草野さんを、いわば本能的に彼にもっともふさわしい場所へ導いたんじゃないかと思います。中国の自然と人間のなかでの生活が、草野さんを鍛えあげた。

自分自身と向かい合い、単なる日常の生活を超えた生そのものに向かい合うことができたんです。それまで詩とはなんのかかわりもなかった草野さんが、中国へ行って間もなく、友人が「マシン・ガン」と評するほど爆発的に詩を書き始めた理由のひとつもここにあるんじゃないでしょうか。この最初の中国生活は、排英排日の運動が激しくなったために五年ほどで切り上げることになりますが、昭和十五年に、中国人の友人に誘われて再び中国に渡り、汪精衛政権下で宣伝部顧問として働き、昭和二十一年に帰国するんです。このときの草野さんの行動についてあれこれ批判する人がいますが、私は草野さんには、政治的な意図はまったくなかったと思っています。すべては、中国での生活を通して培った、中国への深い愛の現われなんです。

帰国した草野さんは、再び旺盛な詩作活動を始めます。私は、それらを愛読していたんですが、一九六〇年代の中ごろ、宗左近や山本太郎に誘われて、草野さんも同人のひとりである「歴程」に加わりました。草野さんとごく身近に接することができるようになったんですが、これは、実に楽しくて、また刺激的な経験でしたね。草野さんが、何を語っても、それはすべて、いかなる先入見、いかなるイデオロギーにも動かされることのない、無類の生命感につらぬかれており、それが同時に、実に鋭い批評眼を作っているんです。あるとき、萩原朔太郎が、草野さんに「三好君（三好達治）は詩人だけど、君は批評家だね」と言ったそうです。草野さんはある文章でこの話に触れながら「批評家とはあきれた」と書いていますが、草野さんのそういう反応はわからなくはない。批評家を、ものを分類したり、比較したり、分析したりする知的作業にすぐれた人と考えると、草野さんはあまり批評家らしくない。だけど、批評性を、さまざまな個性をそなえた対象の本質を一挙に見抜く力と考えると、草野さんは、実に鋭い独特の批評眼をそなえていた人だと思うのですよ。

草野さんは、人を見て、見誤ることがない。われわれがしばしば間違えるのは、観念で見るからです。理屈で考えるから間違えるんです。だけど草野さんは、観念や理屈の束縛からきれいさっぱり抜け出した人ですからね。一挙にものが見えてしまう。だから、まだ一般には無名の存在だった村山槐多の絵を見て共感する。まったく無名だった宮沢賢治の詩を読んで共感する。そういう場合、ふつうは、たとえおもしろいと思っても、「なかなか興味深い詩である」とか言ってお茶を濁すものです。まわりの評価が気になりますからね。だけど、草野さんはそうじゃない。「現在の詩の世界で、天才と言える人は宮沢賢治だけだ」とまで言うんですよ。無名の宮沢賢治に対してね。年下の詩人たちの仕事に対してもそうでした。たとえば「この詩は、よくわからないけど、おもしろいよ」と言う。それが、いい詩なんです。未知のもののなかにひそむ価値、これから生まれてこようとするものがはらむポエジー。そういったものに対して、天才的と言うほかはない直覚力をそなえていました。生命体が他の生命体に反応するように、それらに鋭敏に反応する。常にみずみずしい生命感そのものが独特の批評眼を作る。そして、そのようにして見抜いたものを、常に端的に、常に自然に表現するんです。

草野さんの「富士山」は活火山

ところで、草野さんの詩をいくつか聴いていただきましょうか。最初は「青銅の富士」。朗読は先ほどと同じ小池朝雄さんです。

「億年のはてに。／樹海は氷の流れでけずりとられ。／雷鳥も死に。／岩肌は痩せて。／峨峨。〃氷雲。／とんがりの月をよぎる。」

もう一篇、これは「宇宙線驟雨のなかで」という詩です。

「七色の微塵になつて。／雨がふる。／屋根をとほし。／寝てゐる私のからだをとほし。／日向雨よりももつと美しい雨がふる。〃右の庭には八ッ手と苔と大竹藪と。／左の庭には藤棚と葛をかぶつた車井戸と。／栗色の天井。／嘉永の箪笥。／ひぐらしが鳴く。／さうして私はまた眼をつぶる。／虹色の雨が。／煙の棒のやうに私のからだをとほつていく。／痛みが消えて。／右肺のなかに青いシグナルがほのかにとぼる。／ともういつかの健康が。／野菜車のやうに踏切を渡る。〃私は眼をひらく。／栗色の天井がまたはじまる。」

草野さんのたいへん重要な主題のひとつは富士山です。『富士山』という詩集もあります。富士山というのは、とても有名な山ですが、まともに詩にうたった詩人というのは、他にほとんどいないのではないだろうか。あまりにも完璧で秀麗で、それを詩にうたおうとするとそのきっかけがつかめない。だから富士をうたった詩は、ほとんど裏側の方から入り込んで、なんとかきっかけをつかもうとしたものが多いのですが、草野さんは、真っ正面から富士にぶつかってそれを繰り返し繰り返しうたった稀有の詩人です。草野さんにとって富士山というのは、単なる秀麗な完璧な美しさをもった存在ではないのです。草野さんにとって富士山は死火山ではない。一種の活火山なのです。いつも生命を内側にたぎらせている。いつ噴き出すかわからない、そういう爆発力を内にはらみながら、いまの形をもってあそこに存在している。そういう生命感に溢れながらある形を作り上げているような、そういう存在としての富士山なのです。だから、草野さんにとって尽きることのない詩のモチーフになりうるわけです。いまの「青銅の富士」の他にも、富士山の詩はあります。あとで、草野さん自身が読んでる詩も、お聴きいただきますが、短いのがあるのでお聴きください。『富士山』という詩集のなかの「作品第参」です。

「劫初からの。／何億のひるや黒い夜。／大きな時間のガランドウに重たく坐る大肉体。〃あゝ自分は。／幾度も幾度もの対陣から。／ささやかながら小さな歌を歌つてきた。／しかもその讃嘆の遥かとほくに。〃遥かとほくに。〃ギーンたる。／不尽《ふじん》の肉体。／厲しい白い大精神。」

「作品第参」です。それから「作品第伍」。

「火の山の。／ほむらはあかくに雪に映え。／ゆるやかなほむらは雪の肩に映え。／ほむらはしづかに空にたち。／夜のふかみのなかに消える。〃ああその上の。〃まつすぐ上の月の広場に。／大きくうねる青い紐。〃近よつて。／自分は籠にききたいのだ。〃まるでこの世のしあはせとかかなしさとかまるでそんなんではないやうに。／いつもの雲の渦もまとはず。／ぎらぎらの鱗にほむら映え。／るうらるうらら。／鋭い眼玉も爪もとぢ。／るうらるうらるうねつてゐる。」

もっと短いのもあります。「作品第質」です。

「地球とともに。／夜をくぐり。／／ああ。／最初の日本《にっぽん》。／薔薇の山巓。」

「作品第玖」。

「芒の原は息をのみ。／鬼の鏡の月は。／冴え。」

「作品第拾」。

「日本の象徴は。／夜も昼も眠らない。」

こういう詩なのですが、ここでも先ほどの蛙と同じように、人々の手垢にまみれた富士ではなくて、富士山をもう一回無類の尽きることのない生命力を内にはらんだ存在に作り直している。蛙という生き物を単なるそのへんの生き物ではなくて、劫初からの生命の持続というものを内にはらんだ存在としてつかみ直しているように。そういうことによって、人間も動物も植物もすべてが、現にある存在の奥にそれを超えたものの繁栄と応え合っているような存在として草野さんには見えている。だから、彼は自分の周りのどんなものにも、実に親身な実に親しみに溢れた眼差しを注ぐのですが、さらにその奥に、個々の存在を超えたある宇宙的なものの繁栄を発見するのです。

先ほど「宇宙線驟雨のなかで」という詩をお聴きいただきましたが、こういう詩の場合も宇宙線という宇宙からの光、宇宙からのある種の光線というものが、あらゆる人間のなかをまるで驟雨のように貫いていく。現にこうやって生きているけれども、同時にこの自分のなかには、単に自分個人の肉体というだけではなく、このなかを宇宙からの光、宇宙線が、刺し貫き、染みとおっている。この感触があるのです。こういう詩人なのです。

草野さんの肉声を聴く

ところで、もう三十年以上前になりますが、あるレコード会社に頼まれて、宗左近さんといっしょに二十数人の詩人の自作朗読のレコードを作ったことがあるんです。もちろん草野さんも読んでる。草野さんの声をご存知ない方もいらっしゃると思いますので、それを聴いていただきます。最初は「窓」。

「波はよせ。／波はかへし。／波は古びた石垣をなめ。／陽の照らないこの入江に。／波はよせ。／波はかへし。／下駄や藁屑や。／油のすぢ。／波は古びた石垣をなめ。／波はよせ。／波はかへし。／波はここから内海（うちうみ）につづき。／外洋につづき。／はるかの遠い外洋から。／波はよせ。／波はかへし。／波は涯しらぬ外洋にもどり。／雪や。／霙や。／晴天や。／億万の年をつかれもなく。／波はよせ。／波はかへし。／波は古びた石垣をなめ。／愛や憎悪や悪徳の。／その鬱積の暗い入江に。／波はよせ。／波はかえし。／波は古びた石垣をなめ。／みつめる潮の干満や。／みつめる世界のきのふやけふ。／ああ。／波はよせ。／波はかへし。／波は古びた石垣をなめ。」

次は「ごびらっふの独白」です。

「るてえる　びる　もれとりり　がいく。／ぐう　であとびん　むはありんく　るてえる。／けえる　さみんだ　げらげれんで。／くろおむ　てやらあ　ろん　るるむ　かみ　ぅ　りりうむ。／なみかんた　りんり。／なみかんたい　りんり　もろうふ　ける　げんけ　しらすてえる。／けるぱ　ぅりりる　ぅりりる　びる　るてえる。／きり　ろうふ　ぷりりん　びる　けんせりあ。／じゆろうで　いろあ　ぼらあむ　でる　あんぶりりよ。／ぷう　せりを　てる。／りりん　てる。／ぼろびいろ　てる。／ぐう　しありる　ぅ　ぐらびら　とれも　でる　ぐりせりや　ろとうる　ける　ありたぶりあ。／ぷう　かんせりて　る　りりかんだ　ぅ　きんきたんげ。／ぐうら　しありるだ　けんた　るてえる　とれかんだ。／いい　げるせいた。／でるけ　ぷりむ　かににん　りんり。／おりぢぐらん　ぅ　ぐうで　たんたけえる。／びる　さりを　とうかんてりを。／いい　びりやん　げるせえた。／ばらあら　ばらあ。」

「日本語訳」

「幸福といふものはたわいなくつていいものだ。／おれはいま土のなかの靄のような幸福につつまれてゐる。／地上の夏の大歓喜の。／夜ひる眠らない馬力のはてに暗闇のなかに世界がくる。／みんな孤独で。／みんなの孤独が通じあふたしかな存在をほのぼの意識し。／うつらうつらの日をすごすことは幸福である。／この設計は神に通ずるわれわれの。／侏羅紀の先祖がやってくれた。／考へることをしないこと。／素直なこと。／夢をみること。／地上の動物のなかで最も永い歴史をわれわれがもつてゐるといふことは平凡ではあるが偉大である。／とおれは思ふ。／悲劇とか痛憤とかそんな道程のことではない。／われわれはただわいない幸福をこそうれしいとする。／ああ虹が。／おれの孤独に虹がみえる。／おれの単簡な脳の組織は。／言はば即ち天である。／美しい虹だ。／ばらあら　ばらあ。」

次は「富士山　作品第肆」です。

「川面《づら》に春の光はまぶしく溢れ。そよ風が吹けば光たちの鬼ごつこ葦の葉のささやき。行行子《よしきり》は鳴く。行行子《よしきり》の舌にも春のひかり。〃土堤の下のうまごやしの原に。／自分の顔は両掌《て》のなかに。／ふりそそぐ春の光に却つて物憂く。／眺めてゐた。〃少女たちはうまごやしの花を摘んでは巧みな手さばきで花環をつくる。それをなはにして縄跳びをする。花環が円を描くとそのなかに富士がはひる。その度に富士は近づき。とほくに坐る。〃耳に行行子。／頬にはひかり。」

最初にお聴きいただいた「窓」という詩は、私もたいへん好きな詩です。私が注文して読んでもらったのですが、あの「波はよせ。／波はかえし」という最初の詩句から、不思議なリズムが感じられる、ちょっと東北訛のまじった独特の読み方ですが、その読み方のなかに何か永劫のリズムが響いているようなのです。舞台は確か裏日本の港だと思うのですが、そこの小さな港でよせたりかえしたりという眼前の風景をうたっているのだけれども、同時にそこにはそういう眼前の風景を越えた宇宙全体のリズムが打っている。そういう宇宙全体のリズムと、わびしい港にうちよせている下駄だとかなんだかいろんなごみだとかの風景が、実に見事に結びついているような気がいたします。いかがでしょうか。その次にお聴きいただいた「ごびらっふの独白」、これは『定本蛙』という詩集のなかにあるたいへんいい詩です。もちろん「ごびらっふ」というのは蛙です。最初に妙なことばが出てきます。一種の蛙語です。何語でもないのです。蛙語。それを延々と語ったあとで、「日本語訳」というのが付いているのです。草野さんにとって蛙語というのは、所謂オノマトペではない。蛙を眺め、蛙の声を聴いているうちに、自らそのなかに草野さん自身と響き合う、あるいは草野さんと蛙とをともに包むようなある共通の場というものができている。それをそのまま彼は、ことば、ああいう音にしたわけです。ですから、当然あとで作った「日本語訳」は、単に出鱈目な音響的な羅列の後ろに、単に観念的にああいう訳をつけたのではなくて、あの通りなのです。ああいうふうに草野さんは蛙のガアガアとかゲロゲロという声を聴いたわけです。

「ゴーギャンの赤って、哀しみの色だね」

草野さんという人は、物に名前をつけることの名人でした。それもまたこういうところからきているわけです。名前というものは自分の観念によって相手に結びつけるものではなくて、相手との響き合い、相手との応え合い、相手との合体によって、自ら生まれてくるものであって、そういう姿勢が始終一貫して草野さんにはあるのです。先ほどから何度かお聴きいただいた『富士山』の「第肆」ですが、この場合もそうです。巨大な生命が内側にたぎっているような富士のイメージと、その周りの現にある風景との間に、なんとも無類の響き合いというものがあって、それがそのまま草野さん独特のことばになって現われている。草野さんのこういう合体感には独特のものがありましたね。それで思い出すことがある。晩年のことですが、ある朝、七、八時ごろかな、電話がかかってきました、草野さんから。誰だろうと思って出たのです。こちらは遅くまで仕事をしていたものですから、寝ぼけ眼で出たら、例の独特のしゃがれ声でいきなり「君。夕べね、ゴーギャンの画集を観てたんだよ」とおっしゃる。というのは、僕がその前に集英社から出版した『ゴーギャン画集』というワイド版の画集を差し上げたので、それをご覧になっていたらしい。それからすぐ「君、ゴーギャンの赤って、あれ、哀しみの色だね」とおっしゃる。私はそれまで、別にゴーギャンの赤を哀しいとも思っていなかったのですが、草野さんが言われるとそんな気がするわけです。「そう思います」と言ったら、「君、そう思う」「はい」「僕、そう思ったんだよ」。実に嬉しそうに笑って、それで電話は終わっちゃった。前の晩に発見して、それを私に聞かせたくってしょうがなかったらしい。まわりの人が私に気をつかって、「粟津さんは仕事をしているから駄目だ」と、とめられたものだから、朝まで待っていて、もう起きたろう、ということでかけてくれたらしい。あるものを読む、感動する、あるものを発見する、それをまわりの人とともにしたい、ともに感じたい、ともに喜びたい、そういうところがあるのです。これだけです。電話は。「粟津君。ゴーギャンの赤ね、あれ、哀しみの色だね。わかっちゃった。じゃ。」って、それでおしまい。こっちはたまったもんじゃないですよ。八時に電話かけられちゃね。けれども、いまでもあれを思い出すと私は幸せになります。こういう人といっしょに生きたんだ、そういうことまであわせて思い起こすわけです。

人生の晩年に創造力の噴出

草野さんはずいぶん詩をお書きになったのですが、かなり長いあいだあまり書けない時期がありました。だけど、晩年に、たいへんな創造力の復活がありました。見事な詩をまるで日記のように書いている。それが毎年詩集になりました。こういう晩年における創造力の噴出というのは、僕はとても不思議な気がするのですが、その晩年の作品に「心平」という自分の名前を題にした詩があります。一九八〇年代ですからずいぶん晩年の作品です。

「黒い空気。／そして天井。／その上は屋根。／屋根の上はひろがる黒い空気の空。／その上も黒い空気天。／その上の億兆億の。／熊苺のやうな。／唸る。／星座軍団。／宇宙天。／／暗闇のなか。／眠れない一匹のシラミ。／心平。」

晩年の詩のひとつで、心平さんの孤独感がよくわかります。しかも、その孤独がいささかの感傷、いささかの自愛心もない。一匹のシラミとして億万年の時間というものに耐えながら、ひとり立っている。こういうときの草野さんの表情、顔つきというものが実に生き生きと浮かびました。闇のなかの眠れない心平さん。眠れない「草野心平」というものがはっきりと眼に見えるわけです。

晩年ですから、だんだんお酒の量をカン酒二本におさえられていた。ある夜、午前一時ぐらいに電話がかかってきましてね。「僕ねえ、三本目飲んだ。」日本酒を盗み飲みするわけです、冷やのカンのお酒を。二本しかいかんというのに、三本目を飲んでしまった。うんと嬉しそうでした。その盗み飲みをした喜び、それを僕に知らせてくれるときの表情、それと、一匹のシラミとして闇のなかで眠れない、夜の闇のなかで自分の孤独を見つめている草野さん。これがちっとも矛盾していないのです。そういう孤独を抱えて生きている草野さんと、僕に電話をかけて、喜びを伝える草野さん、ゴーギャンを伝えるように盗み飲みの喜びを伝える草野さん。いいじゃないんですか。

そういう草野さんのことを思い出しながらこの館内に入って、最初に申し上げましたけれども、彼の書いた原稿を眺め、手紙を眺め、詩集を観、絵を観、書を観、外の風景を眺めていますと、繰り返しになりますが、改めて、あのしゃがれ声、あのしゃがれ声の歌声や、怒ったときの声が、あの顔中崩した無類の笑顔が浮かんでまいります。こういう人の存在は、これからわれわれは、非常に大事にしていかなければならない。そして、単に大事にするだけではなくて、それを、われわれこれからの生き方のなかのひとつの非常に強い刺激として、受け継いでいかなければいけないな、とそんなことをしみじみと思うわけです。そういう無類の生命力と共生感、これを貫く草野さんふうに言えば、「愛」。そういったものの発信の源として、この文学館がこれからもだんだんどんどん力を強くして働くことができれば、私としてもたいへん嬉しい。そう思います。

高見順『死の淵より』

高見順さんの最初の詩集は、昭和二十五年に出た、『樹木派』です。これを読んだころ私はちょうど二十三か四か、戦後間もないころだったわけですけれども、たいへん驚きました。これはもちろんその内容に感心したためですが、同時に、高見順という作家と詩というものが私のなかではそれほど直接に結びつかなかったせいでもあるんです。

私もかなり早熟なほうだったものですから、高見順という作家については昭和十年代から『故旧忘れ得べき』とか『如何なる星の下に』とか、そういう彼の初期の代表的な長篇も読んでおりましたし、たとえば「描写のうしろに寝てゐられない」という有名な評論も知っておりました。それらに共通するのは、自己嫌悪と自虐に溢れた、どこまでいってもとどまることのないような饒舌体の、たいへん身振りの大きい、だけど空疎な身振りではなくて、この作者のもっている内的な苦しみというものが直截に表われているようなスタイルだったわけです。そういうスタイルの高見順に親しみ、それによって高見順という作家のイメージをつくりあげていたものですから、それと現に眼前にある『樹木派』という第一詩集のスタイルは、まったく無関係とはいいませんけれども、さっき申し上げたように、直接には結びつかなかった。

三つの負い目

たとえばこれは今日もってきたこの文庫の解説で佐々木幹郎君が引いているんですが、『樹木派』の冒頭にこんな詩があります。「死」という詩です。

こっそりとのばした誘惑の手を
ぼくに気づかれ
死は
その手をひっこめてにげた

そのとき
死は
慌てて何か僕のなかに置き忘れて行つた

こういう詩がこの詩集の冒頭におかれています。
さらにこの詩集のなかにはこんな詩もありました。「樹木（一）」という詩です。

枯れて
生きる
生きて
枯れる

立派に枯れる為に
壮んに生きる

次は「樹木（二）」です。

葉はやわやかく
枝はかたい

かたい枝が
やはらかい葉をつくる

「樹木（三）」はこうなっています。

作品を毎年失って
また
作品を毎年繁らせる

「樹木（四）」です。

葉と枝は人に見せ
大切な根は人に見せない

これらの詩の、簡潔でよけいな身振りを削ぎ落とした、ものが現にあるかたちに心を澄ませているような姿は、いま私が読んだだけでも皆さんもお感じいただけたと思います。これと、高見順の初期のあの身悶えするような小説とは直接に私のなかでつながらなかったわけです。しかし、この詩集に親しんでいるうちに、なんとなくそれが私にも納得できるようになってきました。その後、高見さんは『わが埋葬』という詩集、それから、ここにある『死の淵より』という最後の詩集など、次々と詩集を発表された。それらを読むと、『樹木派』のもっていた詩のスタイル、詩のかたち、詩のありかたというものが、高見さんのなかで独特なかたちで成熟し純化していったことがわかります。

高見さんが昭和十年代にあのような身悶えするようなスタイルの詩を書いたことには、それなりの理由はあったわけです。この文庫解説にも記してありますように、まず高見さんは私生児であった。生涯自分の実の父と顔を合わせていない。私生児という生い立ちにおける負い目が、まだものごころつくかつかないうちから、高見少年のなかにある暗い影を落としている。すなわち、自分は社会の普通の秩序から閉め出された存在だという意識と感覚が、色濃く少年の心を染め上げていたということが考えられます。

やがて高見順は左翼文学に入り込み、学生による左翼文学の運動のなかで、ひとつの指導的な役割を果たしはじめるのですが、これは、もちろん当時の時代思潮のあらわれでしょう。つまり、虐げられた者に関するイデオロギーのうえでの同情というものはあったでしょうけれども、さらにその奥底には、自分自身の生い立ちについての負い目の意識が働いていたと考えられます。

さらに、そのあと左翼運動のなかで彼は警察に捕まって転向してしまう。捕まって、特高におまえも小林多喜二みたいな目にあわせてやるということを聞かされたりして、転向するわけです。

多喜二はその前に殺されております。彼にとって左翼にのめりこんだということが、一時の流行のせいではなくて、自分自身の生い立ちにおける負い目と結びついていただけにその思想上の転向というものもまた、非常に深い傷を与えたにちがいない。

さらにもうひとつ、こういうことがある。転向して自分の家に戻ってきますと、その少し前からいっしょに暮らしていた妻が不倫を犯して彼のところから去ってしまっている。家庭が崩壊してしまう。つまり、私生児という生い立ちにおける負い目と思想上の転向と家庭の崩壊という三つの負い目が、高見という人の精神の奥深いところに一挙に入り込んだ。これが、彼の心からあらゆる安定というものを奪ってしまったことは充分想像しうるところです。

高見順の自虐

こういうところから彼は歩き出したわけですけれども、そういう作家が従来の安定したスタイルをもちうるはずがない。さっき申し上げた、描写のうしろに寝ておられないということは、単なる文学上の手法にとどまるものじゃなかった。それは、彼の内的な崩壊、生い立ちのうえでの負い目や、転向や家庭の崩壊というものとのっぴきならぬかたちで結びついていたということを、しっかりと見てとる必要があります。

つまり、ある描写というものが成立するためには、自分が見る対象と自分の目との間に距離と安定がないと困るわけです。ところが、そういう距離、安定をつくるべき自分の目の根底が、いま申し上げたような負い目や崩壊によって内側から刻々に突き崩されてきた。もはや、世界というものを自分の視覚の秩序とともに従属させることが非常に難しいことになってしまった。そこから歩きはじめたわけですから、描写のうしろに寝ていることはとても不可能になっている。ただ、限りなく話し続け、限りなく饒舌に身を委ね続けることによって、激しく回転するコマがある均衡を保つような具合に、自分の心になにがしかのある均衡、安定を刻々につくりあげる必要があるわけです。これが高見順という作家の初期の小説における饒舌体の基本にあるモチーフだろうと思います。

最初の長篇小説『故旧忘れ得べき』は彼の出世作になったわけですけれども、これは転向した若者たち、転向することによって自分の理想も生活上の目的も失ってしまって、自暴自棄になりながら世間の流れに押し流され、空しく反抗を繰り返しているような若者たちを主人公にした長篇です。筋を申し上げてもしかたがないので、文体の点だけ申し上げますが、ごく最初の方にこういう文章がある。これは、あるところに勤めている主人公と同僚の男との関係にふれたところです。その男は主人公とはちがって三十円ぐらいの手当でパートタイム的に働いているんですが、彼について主人公はこんなふうに思う。

「三十圓のはした金とその男は言ふが、自分は一月働いて六十圓だ。細い仕事のために眼が疲れ、夜は新聞を讀むのさへ大儀な位、自分はその六十圓で一心に働いてゐる。夜學は愚か、安い翻譯の内職すらできない自分はなんといふ馬鹿正直な男だらう。そう思ひつくと、要領のいいその同僚に腹が立つて仕方がないのは、自分の愚直に對する忿懣を彼に轉嫁してゐるのだと判明し、癪に障るのは他でもない、その男のやうな眞似のできない、己の愚圖さ加減に自ら怒るためであらうと納得しても、それでも矢張り小關はその男に親しめず、それには一種生理的な、理屈で拂い難い根があった。——額に手をやり、右はちゃんとペン軸を握り、仕事をしてゐるやうな恰好で悠然と彼が居眠りをしてゐるのを見ると、小關はいらいらして來て、わざと大きな咳をしたり、椅子をガタガタいはせて便所に立ったり、嫉妬めいたものが胸にたぎってどうしても邪魔をせずにはゐられなかった。」

こんなふうに自己嫌悪と自虐がないまぜになって激しく渦を巻きながらこの文体をつくっていくわけです。

高見さんが次に書いたのは『如何なる星の下に』という、浅草を舞台とした、そこに集まったいろいろな人間たちの風俗を描いた独特の小説で、私が十代にたいへん愛読した作品です。さらに戦後におきましても、これは未完に終わりましたけれども、『わが胸の底のここには』という、自分の生い立ち、その他を主題とした告白的な長篇を書いています。

こういうふうに自虐的な自己嫌悪によって悶えのたうちながら、それをそのまま饒舌体であらわすというスタイルと、さっきお聴きいただいたような詩というものが、どうも結びつかない。

この点については高見順自身が、自分はごく若いころに詩を書いていたけれども、詩を書くことが散文を書くことに対して差し障りがある、散文の純度を乱すと思ったから、意識的に詩から離れたと言っております。たしかに昭和十年代に高見順や武田麟太郎などが主張した散文精神というものは、散文のなかに抒情的な曖昧な感情的要素をもちこむことを拒むものだった。私にもそういう主張はよくわかりましたから、高見順における散文と詩のつながり具合がすっきりと心に入ってこなかったわけです。

自虐ということですが、自虐というのは妙なもので、自分自身をいたぶりにいたぶって、自分がいちばんふれたくないところを自分で突き刺したり切り刻んだりしているうちに、いったい自分をいたぶっているのか、それとも自分をかわいがっているのか、自分を虐待しているのか、それとも本当は自分を甘やかしているのか、だんだん区別がつかなくなってくる。多くの自虐小説というものは、自虐することで安心して、自分の自虐の本質に批評が行き届いていない。そのために、作者のたいへん甘えた根性をむきだしにするところがあるわけです。

ところが、高見順の場合にはそういう自虐ではないのです。自虐しながら、この作者はいささかも自分の自虐を信じていない。信じていないということが、ますます彼を自虐のなかの奥深いところに導き、そこに追い詰める。こういうところが、当時数多く出た自虐小説のなかで高見順の小説にある独特の意味あい、ある独特の価値を与える理由であろうと思うのです。

彼は自分を見るまなざしに曖昧な恣意的なものをもちこむことを拒む。そして、一方では卑しい軽蔑すべき自分にぴったりとその身を重ね合わせながら、そういう自分を外から正確に見つめるのです。そういうふうに自分を見つめているうちに自分の外にあるもの、自分を超えたものが、だんだんと明確なイメージを結ぶようになってきたのではないか、そして高見順にとっての詩は、そういうイメージに相応するかたちで生まれたのではないか、そういう気がするのです。

「死」との屈折した対話

さっき『樹木派』のなかの、まるである箴言か、リルケのある一節と思わせるような詩をいくつか聞いていただきましたが、「樹木（一）」では、一行目が「枯れる」、二行目が「生きる」、三行目が「生きて」、四行目が「枯れる」、五行目が「立派に枯れる為に」、六行目が「壮んに生きる」となっている。「樹木（四）」では、一行目が「葉と枝は人に見せ」、二行目が「大切な根は人に見せない」となっている。イメージと意味とが結びつくいちばんの芯のところだけでできているような簡潔で飾りのないこの文体は、実は高見順のそれまでの饒舌体の悶えのたうつような文章が、のたうちの果てにおのずから浮かび上がらせてきたようなものではないかという気がしてくるわけです。

たとえば、われわれは真っ暗闇のなかで暗闇をながめ続けておりますと、暗いものを見ている自分の目のなかに、そこには現に存在しない光のような、幻のようなものが浮かんでくるという経験が時どきあります。高見という人は、自分の自虐のなかに、あれほど全身的に、あれほど徹底的にのめりこんだからこそ、自虐にのめりこむという行為そのものが、彼のなかに単に自虐というう内閉的な世界を超えたものの存在、自分がどのように苦しみに悶えていようとも、そういう自分を見ている外の世界というものがある。自分を超えて存在している外の世界がある。そういったものが否応なく見えてきたのではないか。

そう思って見ますと、これはいかにも高見順の文学上の歩みとして納得しうるものなのです。彼の饒舌体があのようにとめどもなく、いつ終わるともしれず続くものであればあるほど、昭和二十五年に発表された『樹木派』のときは、饒舌とは正反対な、簡素で簡潔な飾りのない身振りのないものにならざるをえなかった。その二つが戦後における高見順という人の精神の構造をかたちづくっているのではなかろうかという気もしてきます。

そういうかたちで高見さんは詩の世界に入り込んできまして、詩を次々と発表し、詩集も第二詩集の『わが埋葬』、今日の主題である第三詩集『死の淵より』などを書いてきたわけです。もちろんその場合、『樹木派』にあったような即物主義的な、たとえばリルケの『形象詩集』などを思わせるようなものだけではなく、饒舌体での彼の悶えるような心の動きが、ちょっと違ったかたちではありますけれども、入り込んでくることもある。先ほどの詩のような徹底的に簡素なかたちのなかに、それとはまた違うあるドラマチックな動きもしみ通っている。それが次々と新しい詩的な花を開かせたという気もするわけです。

この『死の淵より』という詩集は四部に分けられておりますが、その配列がちょっとおもしろい。第一部は手術後に書かれたもの。ただ、手術直後ではないということを自分で書いておりますす。第二部にある詩は入院直前と手術直前に書かれた作品。第三部は自宅に帰ってから書いたものです。その後ろに、『死の淵より』を書いたときに同時にノートに書いていて、『死の淵より』から省いた拾遺が入っています。そのあとに「『わが埋葬』以後」というタイトルで、第二詩集の『わが埋葬』とこの『死の淵より』の間に書かれた詩が置いてある。いちばん最後の詩群から読んでいったほうが展開がわかると思いますので、そのへんから話を進めていきます。

『わが埋葬』は昭和三十八年の一月に発表されています。『死の淵より』は昭和三十九年の十月に発表されたわけですけれども、その間の詩です。「まだでしょうか」という詩があります。

まだでしょうかと　そいつがうしろから
猫撫で声で　おれにささやく
まだ？　まだとはなんだ
おれは何も共同便所で小便をしているのではない
まだ達者で歩いているおれのあとを
足音を忍ばせてこそこそつけてくるのはよせ

高見順『死の淵より』

なまぐさいそいつは何物だろう
そいつはどんな面をしているか
そいつの正体を見とどけてやりたいが
振り向いたおれに
眼鼻のないずんべら棒の顔を
そいつは見るにちがいない
そしてそいつは一向に驚かないで
すぐですねと言うかもしれぬ
そいつにそんなことを言わせたくないから
おれは振り向かないで我慢しているのか

そいつはそいつ自身のことを
おれに聞いているのかもしれないのだ
まだなまぐさいそいつは
おれのことを何かカンちがいしている
そう思うことがおれの口をとじさせている

おれはすたすたと脇目もふらず足早やに歩かせている

ここには、先ほどお聞きいただいた「枯れて／生きる／生きて／枯れる〃立派に枯れる為に／壮んに生きる」とか、「葉と枝は人に見せ／大切な根は人に見せない」とか、あるいは「葉はやわらかく／枝はかたい〃かたい枝が／やはらかい葉をつくる」という詩句に見られるような凝縮された安定というものでもない、もっと違った何かが入り込んできている。いま詩の場合ですと、「そいつ」という非常に奇妙な存在が入り込んでくる。「そいつ」と「おれ」との関係がこの詩の二つの動機となって、この詩を動かしている。ここには自分と自分を超えたものとの対話というものが、小説とはまた違ったかたちで高見順のなかに入り込んでいることがわかるわけです。

さっきの『樹木派』の場合には、自分を超えたものに向かって、自分のなかのいっさいの混沌とした自虐的な「モダモダ」を乗り越えて、目と心を澄ましたときに見えるものだけが書かれたわけですけれども、『わが埋葬』以後」のいまお聞きいただいたような詩においては、自分を超えたものと自分とのかかわり、さらに、自分を超えたものをさらに超えた、ここでは高見さんは「死」といっていますが、そういうものとのかかわりが新しい劇的な動機として入り込んでくる。それとの不思議に屈折した対話が入り込んできている。

これはもちろん、かつての饒舌体とは本質的に異なったものです。彼はここで、自分と自分を超えたもの、自分と自分の外部にあるものとの間のある正当な対話を回復している。外部にあるものはやがて死という相貌をとって高見順に迫ってくるわけですけれども、それとの対話を回復しているわけです。

ところが、さっきお聞きいただいたようなあの饒舌体の文章にはそういう対話がない。書けば書くほど語り手は自分自身のなかに閉じ込められてしまう。極度に内閉的になってしまう。これは外部を拒んでいることじゃない。それどころかあらゆるものをほとんど無抵抗に受け入れている。世間のいろいろな状況、いろいろな現象がなんの抵抗もなく彼のなかに入り込む。にもかかわらず、そういったものを外にあるものとしてしっかりと見定めることができないわけです。あらゆるものを受け入れながら、しかも極度に内閉的な精神状態がそこにはあった。そういう極度に内閉的精神状態にありながら、それを中途半端なところにとどめずむしろ進んで推し進め、そのことによってその本質を意識化するということに、高見順の昭和十年代の小説の特徴があったのですが、いまお聞きいただいたような詩においては、彼はそういうところから一歩踏み出して、「何物か」が彼に向かって語りかけ、彼は「そいつ」と独特の対話を始める。そのことによってそれらは一筋縄ではいかぬ、さまざまに屈折し、さまざまに重なり合った構造と表情というものを示しはじめるわけです。

高見順のたどり着いた謙虚で頑固な生き方

「『わが埋葬』以後」のなかにはこういう詩もあります。
「醜い生」。

あなたは私から去って行く
闇のかなたにやがてあなたは消える
闇のなかにあなたが溶解するとき
私はここでこのまま溶解する
まずしいぎらぎらする光のなかで
私はすべてを失うのだ
それは決してあなたのせいではない
美しいあなたが私のなかから出て行って
私に残されたものが何もないからではない
ひとえにこのすばらしい光のせいだ
醜い生にも惜しみなく注がれるこの光のなかで
生きられるだけは生きたいのだ

ここでは内閉的な自分の意識によって世界に刃向かおうか、世界を自分の意識の従属下に置こうか、自虐しながらも、自虐しているんだと言うことによって世界に対するある優位性を確保しようとか、そういうけちくさい根性はなくなってしまった。「醜い生にも惜しみなく注がれることの光のなかで／生きられるだけは生きたいのだ」ということばで終わっていますけれども、この「ぎらぎらする光」と「醜い生」との直截な共存は、高見順の歩み出た場所を正確に示している。ここには、あらゆるものに注ぐ生の光、その光を注がれて醜い生のままで生きていくという、高見順の辿り着いた非常に謙虚で、しかも頑固な生き方がうかがわれるわけです。

「まだでしょうか」という詩においては自分の後ろから猫撫で声でささやくやつがいた。ところがこの詩では「あなた」という存在が去っていってしまった。去っていったあとで、自分はこの光に照らされた醜い生のままで生きるのです。

こんな詩もあります。先ほど彼が左翼の運動に加わって、脱落し、転向した、それが非常に深い心の傷になったと申し上げましたけれども、そういうことをなんとなく思い起こさせるような詩です。「恥」という詩です。

みんなぶっ殺されて
自分だけは殺されないで

取り残された病牛が
屠場の隅で恥じていた

生きろと言えないおれに
そいつはこう言いやがった
お前さんもおいらと同じか
いやな目付きだねえ

そいつを殺せ
と言えないおれは
キーキーと悲鳴をあげている豚を
卑怯未練な奴だとさげすんでいた

みんな殺されたが、自分だけは殺されないで生きている病気になった牛。ここではやはり、自分の僚友たちが次々と検挙され、あるいは殺されたという彼の左翼文学の時代の思い出が、まだとじきらない傷口みたいになまなましく血を噴いているようです。その自分は病牛として悶々といま生きているのです。しかも高見順という人は、そういう自分に、あるいはそのときの自分に、鳴きわめいている豚に対しては卑怯未練な奴だと、まるで目クソが鼻クソを笑うように侮蔑し、この侮蔑というものによって自分自身の優位性を保とうとする意識があったということも見逃さない。

彼はこういう主題で長篇小説の一つや二つ書けそうですが、この詩においては、外へ限りなく広がっていこうとすることばの動きが、強く凝縮されて堅固なかたちのなかに閉じ込められていることによって、ますますキーキーわめく豚の鳴き声や、病んだ牛のつぶやきが非常に明確にわれわれに聞こえてくるような気がします。

純粋な孤独

次に手術直前に書かれたと言われている詩があります。手術の前とか入院の前ですから、彼が死の予感というものに非常に濃密に染め上げられている時期です。そのことによって、彼は生というものの美しさ、生というもののもつ生命力を非常に純粋なかたちで受け止めているところがあります。

たとえば、「青春の健在」という詩。これはおそらく横須賀線でしょうが、電車のなかでの情景をもとにしてつくったということです。十月の朝のラッシュアワーです。そこでいろいろな人間が生気にあふれながら乗ったり降りたりしている。ホームを歩く中学生もかつての「私」のように、昔ながらのかばんを肩から下げている。ホームを行く眠そうな青年たちに向かって「私」は、「君らはかつての私だ／私の青春そのままの若者たちよ」と呼びかける。そして、「さようなら／君たちともう二度と会えないだろう／私は病院へガンの手術を受けに行くのだ／こうした朝君たちに会えたことはうれしい／見知らぬ君たちだが／君たちが元気なのがとてもうれしい／青春はいつも健在なのだ／さようなら／もう発車だ　死へともう出発だ／さようなら／青春よ／青春はいつも元気だ／さようなら／私の青春よ」というふうにこの詩は結ばれております。

もうひとつ、「電車の窓の外は」という詩。

電車の窓の外は
光りにみち
喜びにみち
いきいきといきづいている
この世ともうお別れかと思うと
見なれた景色が
急に新鮮に見えてきた
この世が

人間も自然も幸福にみちみちている
だのに私は死なねばならぬ
だのにこの世は実にしあわせそうだ
それが私の心を悲しませないで
かえって私の悲しみを慰めてくれる
私の胸に感動があふれ
胸がつまって涙が出そうになる
団地のアパートのひとつひとつの窓に
ふりそそぐ暖い日ざし
楽しくさえずりながら
飛び交うスズメの群
光る風
喜ぶ川面《かわも》
微笑のようなそのさざなみ
かなたの京浜工場地帯の
高い煙突から勢いよく立ちのぼるけむり
電車の窓から見えるこれらすべては

高見順『死の淵より』

生命あるもののごとくに
生きている
力にみち
生命にかがやいて見える
線路脇の道を
足ばやに行く出勤の人たちよ
おはよう諸君
みんな元気で働いている
安心だ　君たちがいれば大丈夫だ
さようなら
あとを頼むぜ
じゃ元気で――

これらの詩における「さようなら」とか「じゃ元気で――」とかいう呼びかけには、自分に対する妙な自虐、妙な屈折がない。実に自然に実にのびやかに心を開いて、高見さんは世間の人びとに呼びかけ、語りかけている。この詩を読んでいて、私はふと大岡昇平の『野火』という小説を思い出しました。あの主人公は、病気になって、自分の部隊からもはじき出されて敵地を歩き回っているのですが、すでに死に全身を染め上げられているために、かえってフィリピンの自然のもつ非常に不思議な生命感を味わうのです。そして高見順もまた、平和な世界のなかにありながら、死に染め上げられていると言っていいでしょう。ここは戦場ではなく、ごく見なれた日常の情景ですが、自分が都会の朝の電車に乗って死に向かって運ばれてゆくことによって、その情景が生命感にあふれたものとなる。この死の自覚のなかから高見さんはそういう日常に、またそこに生きる人びとに、まことに虚心な、まことに自然な呼びかけをおこないます。これまた『樹木派』においてさっきお聞きいただいたような詩を読んだときと同じような不思議な驚きを覚えた詩のひとつです。

ただ、これだけではすまない。こんなふうに死というものがごく間近になったからこそ生というものの輝きが見えたり、人びとに対する愛着がわいたということだけでは事柄は片づかない。やはり入院直前、あるいは手術直前に書かれたこんな短い詩があります。「小石」という詩です。

蹴らないでくれ
眠らせてほしい
もうここで
ただひたすら
眠らせてくれ

高見順『死の淵より』

自分がまさしく小石になっている。小石として語っているわけです。「蹴らないでくれ／眠らせてほしい／もうここで／ただひたすら／眠らせてくれ」。ここでは、先ほど電車のなかから見る中学生や労働者や世間一般の人びとに向かって「さようなら」と言い「じゃ元気で」と呼びかけた人間はいない。彼は小石になって、この世に対して自分が求めるものは、「蹴らないでくれ」「眠らせてくれ」、それだけだというところまで追い詰められている。そういう孤独というものがはっきりと感じられるわけです。その孤独はこんなふうにも進みます。「望まない」という詩があります。

たえず何かを
望んでばかりいた私だが
もう何も望まない

望むのが私の生きがいだった
このごろは若い時分とちがって
望めないものを望むのはやめて
望めそうなものを望んでいた

だが今はその望みもすてた
もう何も望まない
すなわち死も望まない

高見順『死の淵より』

ここにはこの時期に高見さんが至り着いた孤独、なんの身振りもない孤独が、実に純粋に示されている。死病にとりつかれながら、そういう自分を不思議なまなざしでながめている。むりに自分を突き放しているわけでもなく、かといって、内閉的な自己愛というものでもない。あるがままのものを見定めようとする、独特の視線の動きが非常に生き生きと感じられる。「すなわち死も望まない」。死を望みうるということは、まだ生が逆転されたかたちの自己主張です。ところが、死も望まないというのは、先ほどの小石がもう蹴らないでくれ、ただ眠らせてくれと言っているのと同じような、現にある自分の生のありように関する己れを捨てた謙虚さというものの表われだろうと思うのです。

だがこんなふうに死も望まない、ただ眠らせてくれと言う高見順が、こんな詩も書いています。これは「文士というサムライ」という詩です。最初に、中野重治の「むかし豪傑という者がいたと」で始まる有名な詩をちょっと引用しています。

豪傑という者がいたと

中野重治は詩に書いて
むかしの豪傑をたたえた
余もまた豪傑を礼讃する
余は左様　豪傑にあらず
されど文士というサムライなれば
この期《ご》に及んで
ジタバタ卑怯未練の振舞いはできぬ
さあ来い　者ども
いざ参れ　死の手下ども
殺したくば殺せ　切りたくば切れ
いさぎよく切られてやらあ

高見順は「最後の文士」であったとよく言われますが、ここで彼は肩を怒らせて虚勢を張っているわけじゃない。この詩を支えているのは文学者としての誇りでしょうが、それがこういう一種の諧謔のしみとおった、のびやかな口調で語られているのは、その根底にあの「小石」の自覚が生きているからでしょう。だが、同時に彼の「小石」の自覚が、このように矜持につらぬかれていることも見落とすべきではないのです。

このように全身全霊をもって戦いながらも、彼は決定的に死に向かって運ばれてゆく、そのまなざしに照らし出されることで、あらゆるものが偶然的な性質を失って、それぞれが自分自身の本質をむき出しにするようなおもむきが感じられます。たとえば「渇水期」という詩があります。

水のない河床へ降りて行こう
水で洗ってもよごれの落ちない
この悲しみを捨てに行こう
水が涸れて乾ききった石の間に
何か赤いものが見える
花ではない　もっと激烈なものだが
すごく澄んで清らかな色だ
手あかのついた悲しみを
あすこに捨ててこよう

高見順『死の淵より』

「すごく澄んで清らかな色」——この色の感触もまた通常の生における色ではない。それを超えた何かをむき出しにしたような色なのです。

色彩というのは不思議なもので、たとえば皆さんよくご存知のモネという絵描きは、晩年白内障になって、手術を受けた。そのときの印象をモネが自分の若い友人のポール・ヴァレリーという詩人に語っています。「医者のメスが自分の病んだ目に入ったときに、自分はかつて見たことのないようなすばらしい青を見た」。彼が見たすばらしい青、冷徹なすばらしい青は、通常の偶然的な束の間の色彩を超えた、青そのものの本質です。そういう青のヴィジョン、そういう色彩のヴィジョンがモネにはありまして、そういうヴィジョンがあるからこそ、あの人はあのように執拗に、あのように徹底的に、色の微妙な千変万化する変化を追ったわけです。

高見さんも同様で、彼が繰り返し見てきた赤、血にまみれたガーゼの赤、裂けるザクロの実の赤、これらも現にある赤であると同時に通常の赤を越えた色彩、色の本質そのものがあらわになった姿です。血の赤とかザクロの赤というものを歌ったあと、このように展開するのですが、これは明らかに高見さん自身の比喩なのです。「水が涸れて乾ききった石の間に／何か赤いものが見える／花ではないもっと激烈なものだが／すごく澄んで清らかな色だ」。この色を見た以上、作者としては「手あかのついた悲しみを／あすこに捨ててこよう」といわざるをえないのではないでしょうか。

意識の乗り越え

こういう点からみてたいへんおもしろいのは、高見順がそれまでの意識を乗り越えている点です。自虐というものを支配しているのは自分の意識性に関する非常に傲慢な自信でしょうけれども、意識というものについてのそれまでの考え方を内側から突き崩すような独特な言い方をしている点です。これは「魂よ」という詩です。

魂よ
この際だからほんとのことを言うが
おまえより食道のほうが
私にとってはずっと貴重だったのだ
食道が失われた今それがはっきり分った
今だったらどっちかを選べと言われたら
おまえ　魂を売り渡していたろう
第一　魂のほうがこの世間では高く売れる
食道はこっちから金をつけて人手に渡した
魂よ

高見順『死の淵より』

生は爆発する火山の熔岩のごとくであれ
おまえはかねて私にそう言っていた
感動した私はおまえのその言葉にしたがった
お前の言葉を今でも私は間違いとは思わないが
あるときほんとの熔岩の噴出にぶつかったら
おまえはすでに冷たく凝固した熔岩の
安全なすきまにその身を隠して
私がいくら呼んでも出てこなかった
私はひどい火傷を負った
おまえは私を助けに来てはくれなかった
幾度かそうした眼に私は会ったものだ

魂よ
わが食道はおまえのように私を苦しめはしなかった
私の言うことに黙ってしたがってきた
おまえのようなやり方で私をあざむきはしなかった
卑怯とも違うがおまえは言うこととすることとが違うのだ
それを指摘するとおまえは肉体と違って魂は

言うことがすなわち行為なのであって
矛盾は元来ないのだとうまいことを言う
そう言うおまえは食道がガンになっても
ガンからも元来まぬかれている
魂とは全く結構な身分だ
食道は私を忠実に養ってくれたが
おまえは口さきで生命を云々するだけだった
魂よ
おまえの言葉より食道の行為のほうが私には貴重なのだ
口さきばかりの魂をひとつひっとらえて
行為だけの世界に連れて来たい
そして魂をガンにして苦しめてやりたい
そのとき口の達者な魂ははたしてなんと言うだろう

食道というのは、高見さんが食道ガンで食道を切除したことからきている。だから、金を払って人手に渡したと言っている。これは魂と呼びかけていますけれども、むしろ意識と言ったほうがいいようなものです。われわれの意識はいろいろなかたちでわれわれの行動その他を支配する。

われわれは自分の意識に対して非常な敬意と優位性を置いているわけですけれども、それに対して自分の肉体をあらゆるかたちで卑しんできた。そのことが自分の精神性の確認であると思い込んできた。そういうかたちで魂と肉体というものを区分して、一種の精神性のなかで自分自身の行動を律しようとした。これはたしかに当然といえば当然のことですが、しかしながら、そのことによっていろいろなかたちで肉体に関する蔑視、肉体が象徴しているわれわれのもっている非常に大事な本質的なものに対する卑しめということがおのずから起こってくる。これを高見順はその生の最後の時期においてはっきりと痛感したわけです。

もちろん、彼がここで魂に対して言っていることは自分自身の精神に対する卑しめではない。そうではなくて、われわれの魂と肉体というものへの対し方が、それまでの対し方が内側から破産して、食道なら食道の現にあるかたち、魂なら魂の現にあるかたちを、あるがままに見定めざるをえなかった。そういうことからきているわけです。「そして魂をガンにして苦しめてやりたい／そのとき口の達者な魂はなんと言うだろう」。つまり、自分自身は食道ガンを切除した手術後の苦しみに耐えてきたわけです。そういう自分の肉体上の苦しみと無関係であるかのように自分のなかで生き続けている自分の意識というもののかかわり方。そこに非常に屈折したアイロニカルな詩のモチーフがあるわけです。

全身的な答え

次に彼が自宅に帰ってからの詩という第三部になります。「庭で（一）」という詩があります。小題がついています。

一

　　草の実

小さな祈りが葉のかげで実っている

二

　　祈り

それは宝石のように小さな函にしまえる　小さな心にもしまえる

三

　　カエデの赤い芽

空をめざす小さな赤い手の群　祈りと知らない祈りの姿は美しい

また次の詩は、高村光太郎が晩年「暗愚小伝」で自分の過去を思い返したように、非常におもしろいかたちで過去を振り返っています。「明治期」という詩です。

旗行列の小学生が手に手に振っている日の丸の赤いインキが雨ににじみ　よそゆきのハカマのうしろに泥が　いっぱいはねあがっていた

「大正末期」

少女の髪は火薬のにおいがして　わがテロリストの手のスミレがしおれていた

大正末期といえば、アナーキズムが盛んな時代です。石川淳なんかもアナーキズムにとりつかれた時期がありました。

「昭和期」

姐さんはこう言っていました　芸は売っても　身は売らぬ　あたしはオヒゲのお客に言いました　身は売っても　芸は売りません

「オヒゲのお客」というのは、おそらく特高とか、そういう連中のことでしょう。こういうかたちで、彼のなかで明治期や大正末期や昭和期の思い出が非常に生き生きと、しかも凝縮されたかたちでよみがえってくる。

彼のそれまでの生活を振り返り、それを渾身の力で位置づけるようなかたちでこんな詩が書かれています。「おれの食道に」という詩です。これは先ほどから私が申し上げてきたことといっさいを自分の身に引き受けながら、自分という存在の全体をかなり長い詩のかたちで位置づけようとしています。しかもこれは自分の食道に向かって捧げている。

おれの食道に
ガンをうえつけたやつは誰だ
おれをこの世にうえつけたやつ
父なる男とおれは会ったことがない
死んだおやじとおれは遂にこの世で会わずじまいだった
そんなおれだからガンをうえつけたやつがおれに分らないのも当然か
きっと誰かおれの敵の仕業にちがいない
最大の敵だ　その敵は誰だ

おれは一生の間おれ自身をおれの敵としてきた
おれはおれにとってもっとも憎むべき敵であり
もっとも戦うに値する敵であり
常に攻撃しつづけていたい敵であり
いくらやっつけてもやっつけきれない敵であった
倒しても倒しても刃向ってくる敵でもあった
その最大の敵がおれに最後の復讐をこころみるべく
おれにガンをうえつけたのか

おれがおれを敵として攻撃しつづけたのは
敵としてのおれがおれにとって一番攻撃しやすい敵だったからだ
どんな敵よりも攻撃するのに便利な敵だった
おれにはもっともいじめやすい敵であった
手ごたえがありしかも弱い敵だった
弱いくせに決して降参しない敵だった
どんなに打ちのめしても立ち直ってくるのはおれの敵がおれ自身だったからだ

チェーホフにとって彼の血が彼の敵だったように
アントン・チェーホフの内部に流れている先祖の農奴の血を彼は呪った
鞭でいくらぶちのめされても反抗することをしない
反抗を知らない卑屈な農奴の血から
チェーホフは一生をかけてのがれたいと書いた
おれもおれの血からのがれたかった
おれの度しがたい凶暴は卑屈の裏がえしなのだった
おれはおれ自身からのがれたかった
おれがおれを敵としたのはそのためだった

おれは今ガンに倒れ無念やる方ない
しかも意外に安らかな心なのはあきらめではない
おれはもう充分戦ってきた
内部の敵たるおれ自身と戦うとともに
外部の敵ともぞんぶんに戦ってきた
だから今おれはもう戦い疲れたというのではない

おれはこの人生を精一杯生きてきた
おれの心のやすらぎは生きるのにあきたからではない

凶暴だったにせよ　だから愚かだったにもせよ
一所懸命に生きてきたおれを
今はそのまま静かに認めてやりたいのだ
あるがままのおれを黙って受け入れたいのだ
あわれみではなく充分にぞんぶんに生きてきたのだと思う
それにもっと早く気づくべきだったが
気づくにはやはり今日までの時間が
あるいは今日の絶体絶命が必要だったのだ

敵のおれはほんとはおれの味方だったのだと
あるいはおれの敵をおれの味方にすべきだったと
今さらここで悔いるのではない
おれ自身を絶えず敵としてきたための
おれの人生のこの充実だったとも思う

充実感が今おれに自己肯定を与える
おれはおれと戦いながらもそのおれとして生きるほかはなかったのだ
すなわちこのおれはおれとして死ぬほかはない

庭の樹木を見よ　松は松
桜は桜であるようにおれはおれなのだ
おれはおれ以外の者として生きられはしなかったのだ
おれなりに生きてきたおれは
樹木に自己嫌悪はないように
おれとしておれなりに死んでいくことに満足する
おれはおれに言おう　おまえはおまえとしてしっかりよく生きてきた
安らかにおまえは眼をつぶるがいい

こういう長い詩を彼は退院したあとで書いております。先ほどからあれこれと言いまどいながら私が申し上げてきた高見さんの詩集のさまざまなモチーフ、さらには、彼が昭和十年以来、あの饒舌体の小説その他で書いてきた小説家としての文学活動、あるいは、それ以前の政治や家庭や生い立ちなどにおけるいろいろな出来事が彼に刻みつけた傷、こういういっさいのものがこの長い詩において集中的にもう一度立ち現われる。それに対して彼は全身的な答えを与えているような気がします。そういう意味で、私はこの長い詩は高見さんの非常に男らしい雄々しい遺書であるような印象を受けるのです。

上田三四二――「死」という主題の深刻化

1

上田三四二さんがこの町のお生まれであることは存じあげていましたが、ここに伺うのは今回がはじめてなんです。だけど、どうもはじめてという気がしないのですよ。これは上田さんの文章で、この町の姿や、ここで少年期を過ごした上田さんの面影に親しんでいたせいでしょうね。今日、新神戸の駅から車でここへ来る途中も、窓外の風景を眺めていると、上田さんの気配のようなものが次第にあたりに立ち込めてくるように感じられました。上田さんがずっとここで過ごされたわけじゃないんですけどね。文学とは不思議なものです。

上田さんは、一九二三年に、この小野市の現在樫山町と呼ばれているところで生まれていらっしゃる。私は一九二七年の生まれですから、私より四つ年上、年の近い兄貴のような年まわりで、それだけに相通じるところも多かったんですが、そればかりじゃない。上田さんは、昭和十九年に京都の旧制三高の理科を卒業していらっしゃるけれども、私は、昭和二十年に上田さんと入れ違うようにして三高の文科に入っているんです。科が違ううえにやがて私は東京の大学へ入ったものですから、まったく面識はありませんでしたが、同窓ということで、また特別の親しみを感じるんですよ。

いずれにせよ、こういうわけで、上田さんと親しくことばをかわすようになったのはかなりあとのことです。

たまたま、二人とも読売新聞の書評委員になりましてね。上田さんは、すでに歌人、作家、批評家として、かずかずのすぐれた仕事を出しておられたし、上田さんも私の書いたものを読んでくださっていたようです。おまけに同じ三高ということですぐに仲よくなりました。もちろん、元来ひどく人づきあいの悪い私がこんなふうに仲よくなったのは、上田さんの人柄の魅力のせいでもある。

いつも物静かで、けっして声高にものをおっしゃらない。表情も物腰もいかにもおだやかなんだけれども、そのまなざしは外を眺めると同時に自分の内側に向けられているようなところがあって、心をひかれましてね。しかも一方で、ご自分の好みに関してはまことに頑固で、簡単に人にゆずるということがない。こういう頑固さとおだやかさが、静けさと激しさが、上田さんのなかで、実に独特のかたちで結びついているんですね。幸い私は、委員会ではいつも隣りの席だったものですから、何やかや話し合ったり、お互いの書いたものを批評し合ったりしました。終わったあとも、時どきごいっしょして、軽く酒を酌んだりすることもありました。そういうときの上田さんのさまざまなことばや表情や物腰が、いまも私のなかに生き続けております。

今回、ここで話をするようにというご依頼を受けたものですから、この何ヶ月か、上田さんのご著書を机のかたわらに積み上げて、仕事の合間に、折りに触れて読み返しておりました。読み返すうちに、当の作品の印象だけではなく、さっき申し上げた上田さんの人柄、あの表情や語り口や眼差し、そういったものも油然と浮かび上がってきて、私を包み込んだようです。

というわけで、いまこうして皆さんにお話ししながらも、皆さんに話すと同時に、いまは亡き上田さんに語りかけているような気がするんです。あの人はけっしてものを歪めてとらなかった。まっすぐに自分の深いところまで迎え入れ、それについて考えに考える。そして、その深いところから実に的確に相応ずる。そういう上田さんという存在の貴重さ、かけがえのなさを、いま私は、改めて、痛いほど思い知っております。

私がはじめて上田三四二という存在を知ったのは、上田さんが、たしか昭和三十六年に、「群像」の評論新人賞を受賞した『斎藤茂吉論』によってです。斎藤茂吉は、私自身少年のころから愛読してきた歌人だったせいもあって、さっそく一読したのですが、たいへん感心しました。それまで、それこそ無数の茂吉論が書かれてきたのですが、それらに充分目を配りながらも、そういう目配りに足をすくわれることなく、まっすぐ茂吉と自分とを結びつけている。これ見よがしに方法論を振りまわすこともなく、観念が先走ることもなく、高飛車な裁断もなく、だからと言って、下世話なリアリズムもないんです。茂吉の思考や歌が生まれ出る根源的な動機とでも言うべきものにぴたりと眼をすえて、そこから茂吉を語っているんです。結論をいそいで前のめりになるところのない、思考とことばの、よく熟した沈着で正確な動きがそこにはあって、感心しましたね。新人賞というけれどもとてもこれは若い評論家の仕事じゃないなと思いましたが、そのころ上田さんは三十八歳になっていたんですね。その後、この評論も含めて『斎藤茂吉』が発表されましたが、これは数多い茂吉論のなかで、もっともすぐれたもののひとつであると言っていいだろうと思います。

このことで上田三四二という名前が私のなかに刻み込まれました。上田さんはすでにそれ以前に歌人、歌論家としてすぐれた仕事をしていらっしゃったようですが、まったく知らなかったんです。茂吉、赤彦、左千夫などの歌には若年のころから熱中していましたけれども、現代の歌壇の動向には通じていなかったものですからね。だけど、このとき以後、上田さんのお仕事をていねいに読むようになりました。

短歌や評論はもちろんですが、やがて小説が、上田さんのお仕事のなかで大きな比重をもつようになりました。それらを読むことで、『斎藤茂吉論』で直覚した上田三四二という文学者の特質が刻々に奥行きを増していったのですが、それればかりじゃない。それらを通して、上田さんのそれまでの生活を知ることで、『斎藤茂吉論』のさらに深い批評的意味あいが見えてきたんですよ。

それはたとえばこういうことです。この評論を、上田さんは、茂吉の場合、しばしば、彼の文学よりも彼の人間の方が上ではないかと言われているが、これは歌人としては屈辱ではないかという指摘で始めています。そしてその短歌というものにしても、かつては文学の中心であり核心であったけれども、茂吉が歌を書き始めたころには、文学の表皮に堕しており、さらに茂吉が歌人として名を上げ始めたころになると、表皮の上にできたイボのごときものにすぎなくなっていると言うんですよ。茂吉は、そのイボのごときものに心血を注ぐわけですが、「イボのごときもの」であることを充分に意識したうえでそれに全力を注ぐところに茂吉と歌との独特のかかわりがあるというのが上田さんの意見です。そして、このことが、茂吉の膨大な作品群を生み出す根源的な動機になっていると言うんですが、この考えはおもしろいですね。

このことは、茂吉の歌の展開に関する独特の評価につながっています。上田さんによれば、茂吉は、『赤光』や『あらたま』のころはまだ、一般的な歌の世界とでも言うべきものへと展開していったけれども、『つゆじも』になると、それから一転して、いわば独詠の世界、日記の延長のようなそういう歌の世界へ入り込んでいったということになります。これは茂吉の当初の志向から見ればある挫折と言うべきものでしょうが、この挫折そのもののなかに、実は茂吉の歌の本質的な生命力が潜んでいるというのが上田さんの考えです。そしてそのことが、茂吉を、与謝野晶子がその後期において陥ったような沈滞から救ったというのが上田さんの意見です。これは実に刺激的な指摘で、私の知る限り、こういうことを言った人はかつてなかった。

これは、茂吉論としても短歌論としても興味深い視点を提供してくれるのですが、いまはその問題には触れないでおきます。ただひとつ申し上げたいのは、茂吉に対するこのような観点と、上田さんの経歴とが、まことになまなましく相応じている点なんです。上田さんは医学の道を進まれたわけだけれども、大学の内科研究室に残って論文を書く準備をしているときに喀血をして、そのために、研究者としての道を断念せざるをえなかった。そういう挫折があるんですね。上田さん自身のそういう挫折と、茂吉の挫折とが響き合うんです。そういうふうに、上田さんは、茂吉のなかに、自分自身のもっとも奥深い心の動きを読み込んでいる。これは、茂吉を上田三四二化することじゃないんですよ。そうじゃなくて、医学者としての挫折そのものが、上田さんに、茂吉の表現意識の奥深い部分を、またそれを生み出す精神の劇を見通す眼力を与えているんですね。そのことに私はたいへん驚いたんです。

もっともこんなふうに医学者として挫折したことは、上田さんに、なんとも苦い後ろめたさを感じさせることになったようですね。これは上田さんにとって、単なるひけ目などということではなかったらしい。医学者として挫折したことは、上田さんには、自分が願っていた人生の道からしめ出されることのように思われたらしい。上田さんは、その後、さまざまな小説や評論で、この挫折について、しつこいほど、繰り返し語っていらっしゃる。私自身は、大学のフランス文学科を出たあと、ずいぶんジグザグの道を辿ったけれども、別にそのことで後ろめたさやひけ目を感じたことはなかったから、上田さんのこのような反応にはちょっと奇妙な気がしなくもない。

やはりこれには、文学部とは異なる、医学部の特別な事情というものがあるんでしょうね。

上田さんが、短歌の世界に身を委ねたことには、もちろんこの挫折がかかわっているのでしょうが、上田さんの歌との取り組み方は、その当初においては、それほど積極的なものではなかったらしい。研究者としての医学の道をはっきりと断念し、作歌に全身的にのめり込むことによってあの挫折を乗り越えるということにはならなかったらしいのです。歌はあの挫折のせいでやむをえず入り込んだ道だった。上田さん自身、はじめのころは傷ついた心を慰めるために歌とつきあっていたと書いていらっしゃるけれども、医学においては果たしえなくなったことを歌において実現しようというような、強い表現意志に導かれたものではなかった。これは困った状態です。上田さんの後ろめたさは、単に医学者として挫折した結果と言うだけでは片づかぬものになる。歌人としても及び腰だということからも生まれているんですね。このことが、その後ろめたさを、妙に不安な、危ういものにしているような気がするんですよ。

だけど、上田さんの場合、このことは、単にネガティヴなものと言い去ることはできない。それどころか、この独特の後ろめたさそのものが、そのまま上田さんの批評的眼力に変わってゆくんです。上田さんの、どっちつかずで中途半端な、後ろめたいありようそのものが、上田さんに、人間の生活と表現に関するまことにしなやかな透視力を徐々に与えていったと考えられる。上田さんが、けっして観念のあいまいな迂路に迷い込むことがなく、論理の一方的な裁断に身を委ねることもないのは、このしなやかな透視力のせいですね。人間はいろいろな矛盾や混乱を孕みながら生きています。それが人びとを破滅に導くこともありますが、それらを踏まえながら新たな個性が生まれ出ることもあります。そして上田さんは、こういう内面の劇のさまざまな経緯について、その微妙な気配について、まことに見事な、正確で精妙な眼力を示しているんですよ。

もっとも、上田さんにこういう道を歩むことを強いたのは、喀血による挫折ばかりじゃない。やがて今度は癌が上田さんを襲うんですね。喀血も、上田さんがそれを経験したころはかなり深刻な出来事でしたけれども、癌となるととてもそれどころじゃない。それによって、死が、ある圧倒的な力として間近に迫るようになる。当然、上田さんは、挫折とか後ろめたさとかいった地点にとどまっていることはできないでしょう。もし挫折と言うなら、これは、医学者としての挫折ではなく、人間としての挫折です。医学者としての成功の道をとざされただけではなく、人間としての未来をとざされたと言っていいでしょう。このときから「挫折」という主題は「死」という主題へ深化したと言っていいように思われます。

もちろん死という主題は、癌になってはじめて姿を現わしたわけじゃない。上田さんが結腸癌を病んだのは昭和四十一年のことですが、昭和三十六年の『斎藤茂吉論』の二年前、昭和三十四年に『アララギの病歌人』という本を出していらっしゃる。こういう主題の選び方には、もちろん上田さんが医者だということもかかわっているでしょうけれども、それだけじゃありませんね。上田さん自身が「病歌人」であることが、この本の内的動機になっているんですよ。上田さんは、いわば病者の視点から「病歌人」について語っている。そして当然、その病いの奥にはすでに死が顔をのぞかせているんです。

さらにその四年あと、上田さんは、先ほど触れた『斎藤茂吉論』を序論がわりにして、『斎藤茂吉』という長篇評論を発表していますが、この本論は、茂吉の死に関する記述で始まっています。かなりあとになって、小林秀雄も、あの『本居宣長』という本を宣長の死の話で始めていますけれども、上田さんや小林秀雄のこのような書き方はやはり格別なものだろうと思う。上田さんは、まず茂吉の臨終の場面を語り、次いで死に到るまでの彼の病歴について執拗に語るのですが、最初の一章でこういうことが語られることによって茂吉の、強力で多産な、驚くべき生命力につらぬかれた長い生涯が、いわば死の方から照らし出されるような印象を受けるのですよ。癌に冒されるより前に、上田さんのなかで「死」はすでにその発光点に達していた。癌によって、それは全体的に立ち現われたと言っていいでしょう。

以後、「死」は、上田さんの中心的な主題となる。歌人を見ても、作家を見ても、批評家を見ても、上田さんのように始終一貫して死を主題とした人は、ちょっと珍しいのではないでしょうか。もっとも、ただ観念的に死をとりあげているということじゃない。その根底に、死の感触とでも言うべきものがあるんですね。ある肉体に触れるような、なまなましい、吐き気を催すような感触、それが、上田さんに絶えず問いかけ、絶えず応答を迫ってやまないのですよ。もちろん、こういう問いに対して、通り一遍の、一様な答などありえない。その時どきに応じて、その場面場面に応じて、また、問いを受けたときの上田さんの年齢や思考の形に応じて、常に新たな応答をしなければならないんですよ。歌、小説、批評というジャンルの違いに従って、その答え方も微妙に変化するのですが、「死」の感触は、それらに一貫して流れ続けているように思われます。

2

上田さんにとって、斎藤茂吉は単なる論評の対象じゃなかった。上田さんは、茂吉にぴったりとその身を重ね合わせており、茂吉を批評することは、上田さんの自己批評、自己確認にほかならなかったと言っていいだろうと思います。

そして上田さんの場合いまひとつ注目すべき点は、こういう存在は茂吉だけじゃないということなんです。

上田さんは、茂吉論より二十年あまりあとの昭和六十一年に『島木赤彦』というこれまた見事な本を書いてるけれども、これはただ単に敬愛する二人の歌人を時をへだてて論じたというだけのことじゃないんですね。上田さんは、茂吉と赤彦が、近代短歌に関する上田さんの考えの根幹をなす二つの核を形作るという意味のことを述べていたと思いますが、この二人を核とすることは厄介な問題をはらんでいる。「実相観入」を目指す茂吉の志向と、「鍛錬道」によって「寂寥境」を求める赤彦の志向とは、相通じるところもあるけれども、ある意味では対照的と言ってもいいほど違っているからなんです。

もちろん、両者ともにきわめてすぐれた歌人ですから、ただ楽しんで読んでいるだけなら、別に問題は起こらない。だけど、上田さんのように両者のどちらにも全身的にのめり込んでいる場合は、この共存はある危うさをはらんだものになるんですよ。茂吉一辺倒、赤彦一辺倒といった場合と違って、ただ身を委ねているだけでは片づかぬ、もっと入り組んだ、屈折した反応を強いられるようなところがあるんです。だけど、こういう危うさそのものが、上田さんの文学と生活とをつらぬく肉的動機になっていると言っていいでしょう。もちろん、一口に危うさを内的動機にすると言っても、これは容易なことじゃない。危うさは人びとの抵抗を無視してふくれあがり、無残な肉離れを惹き起こしかねないんです。その点、私には、上田さんが、茂吉と赤彦という相異なる歌風や個性をもった歌人のそれぞれに全身的にのめり込む一方で、両者を奥深いところで結びつけるものとして、「死」という主題を打ち出していることがとてもおもしろいんですよ。

上田さんは、茂吉論の場合と同様、この『島木赤彦』も、赤彦の死の話から始めています。こんなふうに死の話から始めるのは、茂吉論以来の自分の「痼疾」だと上田さんは冒頭に書いているけれども、とてもこれは「痼疾」などと言って片づくものじゃありませんね。「痼疾」と言ったあとで、赤彦の死を、リルケが『マルテの手記』で語っている、主人公のマルテの祖父にあたる侍従官の死と結びつけていることからもそれはわかります。そこでマルテは、祖父の時代には、誰もが、果物が内部に種を秘めているように、自分の内部に死を秘めている、大人は大きな死を、子供は、小さな死を秘めている、と語っています。そして、この老侍従の死は、もっとも巨大な死だったと言うのですよ。その死は、彼が一生のあいだ心のなかに宿し、自分の血で育ててきた、「豪華な死」で、その本当の死に先立つ何週間ものあいだ、この侍従の声ではなくまさしく死の声とでも言うべきものが、村中に響きわたるんです。

私にとっても、これは、昔初めて『マルテの手記』を読んで以来深く心に刻まれている挿話ですけれども、こういう死と、赤彦の死を結びつけることは一見奇異な感じがしなくもない。だけど、これは、上田さんのなかでの死という主題の成熟と展開をおのずから示しているように思われます。

もちろん、上田さんが指摘しているように、赤彦の死は、老侍従の死のように、暴君的な、傍若無人なものではまったくない。そうじゃなくて、赤彦は、驚くべき忍耐力をもって、その死病がもたらす、長期にわたる言語を絶する苦痛に耐えたんです。だけど、そのあいだに、彼のなかの死は次第に成長してゆき、あの老侍従の死の場合と同様、強い衝撃波を四方に及ぼしたと上田さんは言うんですよ。

こういう上田さんの考えは私には本当におもしろい。ここには上田さん自身の病いの経験が影を落としていることは言うまでもないでしょうけれども、それだけじゃない。上田さんのなかでも死が育ってきているのですね。それは上田さんに、あの後ろめたさや挫折を強いて、恐怖や不安を与えるだけのものではなくなってきている。そういう状態ではまだ残っていた外面性が次第に拭い去られ、死が内面化されます。上田さんはそういう死と、危うい ほど自分自身を重ね合わせるんですよ。このとき、このような死の感触がそのまま上田さんの批評的透視力となっていると言っていいでしょう。

これは評論だけに限られたことじゃない。上田さんの短歌の場合も、こういう意味での死が、歌がそこから生まれそこに戻っていく源泉のごときものになっています。

一見ごく何でもない風景描写、ごく即物的な情景描写と思われるものでも、ゆっくりと眺めていると、死の気配のごときものがただよい始め、時としては危ういほどあたりに立ち込めてくるんですね。しかもそういう死とのかかわりはけっして一様なものじゃない。死の微かな誘いのごときもの、これまた微かな、死に対する脅えのごときもの、時にはまた、死との甘美な合体のごときもの、死のなかに一種の解放を見出そうとするあこがれのごときものといったふうに、実に精妙で多彩な表情を示しています。

だけど、それらの表情は、けっして表面的な効果に向かうことはない。それというのも、上田さんの言語表現においては、常に死がその根幹にあって、ことばのひとつひとつに浸透すると同時に、それら全体に対する強力な重心として働いているからなんです。そこでは、どんなことばも、この死の観念、死の感触に曝されなければ、充実した存在をもちえないのですよ。

先ほど、歌碑に刻まれた上田さんの「ちる花はかずかぎりなしことごとく光をひきて谷にゆくかも」という歌を読みました。上田さんの歌のなかでもっとも好きな歌のひとつですが、改めて、いい歌だな、と思いましたね。石に刻まれた文字のひとつひとつが、まさしく光をひいて散っていく花びらのように、死に向かって落ちてゆくような気がしてきました。重さと軽やかさが、沈鬱なものとあでやかなものが溶け合ったこういうことばの動きは、上田さん独特のものですが、それはすべて死によって支えられている。さらに何度も読み返していると、ことばは、眼前の歌碑だけではなく、私の内部でも、次から次へと数限りなく散り落ち続けているように感じられ、その不思議な感触はいまも続いているんです。

もっとも、これは、いっさいをただ一元的に死に収斂しているということじゃない。上田さんが昭和五十一年に出された『うつしみ』という長篇評論のなかで執拗に追求していらっしゃることだけれども、上田さんには、身体というもうひとつの重要な主題があります。身体が重要な主題になったことには、上田さんが、医師として、身体としての人間と常に間近につきあわざるをえなかったという経験が、最初の動機として働いていたでしょうね。だけど、やがて上田さん自身が結核とか癌とかいった重い病いに冒されることによって、身体は単なる外的対象ではなくなるんです。いわば内的な存在になるんです。健康な人間は、自分の身体というものをことごとしく意識することはないでしょう。さまざまな肉体的苦痛、さまざまな病いを経験することによって、身体を意識するんですよ。上田さんには、病者特有の、自分の身体とのきわめて痛切なかかわり方というものがある。いわば上田さんは、身体を外から観察するとともに内から感じるという二重のかかわりを、徹底的なかたちで体験せざるをえなかった。上田さんにとっての身体という主題は、そういうところから生まれているように思われます。

当然、上田さんは身体と心とを観念的に抽象的に分離した、肉体が死んだあとでも心は生き続けるとか、後世とか彼岸とかいった考えを認めない。もちろん、これは、単なる物理的生理的対象として身体にいっさいを収斂することでもないんですよ。人間は身体をもっているけれども、同時に心ももっている。心をもった身体としての人間、そういう具体的存在としての人間。上田さんはそれから離れることはないんです。さらにまた、こういう人間を、あの「死」の観念が、奥深いところから照らし出すんです。心をもった身体としての人間という観念に、体内にまるで果物のなかの種子のように死を育くみ続ける生としての人間という観念が結びつく。これが上田さんの精神の本質的な構造を形作っているように思われます。その思考は常にここから発し、ここに戻る。ここから離れたあらゆる抽象論や観念論に対して、上田さんは終始一貫しておだやかだがきっぱりとした拒否を示していらっしゃる。これは見事ですね。

これは硬直した一方的な断定などというものではまったくないんですよ。それどころか、身体と心のかかわりに関して、また生と死のかかわりに関して、上田さんは、実にしなやかで多様なアプローチを示していらっしゃる。上田さんは昭和五十九年に、西行、良寛、明恵上人、道元などを論じた『この世、この生』という本を出していて、これは上田さんの本のなかで私がとりわけ愛着を覚えている本のひとつですが、この本を読むとそういうことがよくわかります。ここで上田さんは、この四人の人物を通して、心と身体とのかかわりという問題や生と死とのかかわりという問題に対するさまざまな対し方を語っていらっしゃるわけだけれども、これがそのまま、この問題の構造を照らし出しているんです。

たとえば西行論のなかで上田さんは兼好と西行を比較していらっしゃるけれども、その分析が私には実におもしろい。兼好は、上田さんと同様、後世など信じていなかったと上田さんは言う。そこから出発して、兼好は、現にある自分の生だけを信じようとした、あれこれと心を散らかし心を迷わすようなさまざまなあいまいな考えや事象から身を引き離して、あるがままの生を眺めようとした、そういう生を受け入れようとした、というのが上田さんの意見です。上田さん自身、死後の生などないと思い定めているから、当然、兼好のこのような考え方このような生き方に共感を抱くわけだけれども、そこにはなにかネガティヴなもの消極的なものが感じられ、それが上田さんには不満なんですよ。

一方、西行は、兼好とちがって後世を信じています。ただそれは、現世と後世とを形式的観念的に区別して、後世への思いに身を委ねるということじゃないんですね。西行にとって重要なのは、心が、身体を離れ去ろうとするほども高まってゆく生の極点としての死の瞬間という観念であって、この瞬間のあともだらだらと続く「死後の生」などというものじゃない。西行に「吉野山こずゑの花を見し日より心は身にもそはずなりにき」とか「ゆくへなく月に心のすみすみて果てはいかにかならむとすらむ」とかいう有名な歌がありますね。上田さんはこれらの歌を引いて、ここには、心が身体を抜け出してみずからのあこがれに向かう恍惚の状態がうたわれていると評している。そしてその動きが極まって、心が身体にかえるのを忘れたときに死があらわれると言うんですよ。

こういう上田さんの考えはたいへんおもしろいけれども、上田さんが西行のうちに見ているのは、こういう動きだけじゃないんですね。こんなふうに心が身体から離れて浮遊しようとするんだけれども、身体は身体で、なんとかそれに追いつこうとするんですね。こんなふうにして、通常はある安定のなかで結びついていた心と身体のそれぞれが危うい ほども活性化され、こういう緊迫したかかわりを通して、刻々に新たに、あるみずみずしい合体が成就されると上田さんは考える。そしてこういう西行の生き方を、彼は地上一寸のところで生きたと評していらっしゃるけれども、これはそのまま、心と身体に関する、生と死に関する上田さんの考えの複雑なひろがりを示しているように思われます。

3

西行に次いで、上田さんは良寛を論ずるんだけれども、良寛に対する彼の見方はまことに刺激的です。

西行については、地上一寸のところで生きたと評したわけだけれども、それに対して良寛は、ぴったりと大地に足を踏みしめていたと上田さんは考える。

ただ良寛が踏みしめていたその大地は、ただ安定したかたちで彼を支えていたんじゃないんですね。大地はそんなふうに踏みしめられることで、良寛に、生き生きした現実感を与えるんだけれども、同時にそれが核となって、この世界に関する壮大にして精妙なヴィジョンが刻々に展開増殖していくんです。この二つの要素が良寛のなかで融け合っているわけで、こういう上田さんの考えは私に、かつてなかったような独特の良寛像を示してくれるんです。

そして上田さんは、良寛にこのようなことを可能にした条件のひとつとして、「後ろめたさ」という観念を、先ほど申し上げた上田さん自身の「後ろめたさ」と自覚と重ね合わせながら提出しているんですが、これは実に上田さんらしいですね。なんとこの人は、自分自身の主観を、頑固に、だがおだやかにつかみ続けるんだろうと思う。もちろんこれは、上田さんが、良寛をむりやり自分自身に引きつけて考えているということじゃないんですよ。そうじゃなくて、良寛のなかに、虚心に深く分け入ることによって、この「後ろめたさ」という観念が上田さん個人を超えたひろがりと深さとを獲得するんです。

良寛は地方の名家の出ですが、跡取息子としてその責任を果たすことができなかった。出家しますが、ここでも寺を捨てることになる。これが彼の「後ろめたさ」を生み出すんですが、ただ良寛の場合は、それが中途半端なところにとどまらない。自分の「無能」の徹底的な自覚に、「大愚」つまり大いなる愚かさの自覚に導くのですよ。かくして良寛は、世間とも自然とも和解してあの自在な生を送るに到る。こういうことを上田さんは、上田さん自身の世間や自然との和解や、夏目漱石が、修善寺の大患以後、体験した世間や自然との和解と対比しながら生き生きと語っていますが、それがそのまま「後ろめたさ」という観念がはらむ可能性を照らし出すことになる。もっともこれは、それで「後ろめたさ」というものが消え去ることじゃないんですよ。上田さんの考えでは、良寛が辿ったこのような道は良寛にとっては唯一の道だけれども、いわば「正業」によって生きている世間一般の眼から見ればそれはやはり「後ろめたさ」をはらんだものということになるんです。そして上田さんは、良寛のある漢詩のなかの「総て風光の為に身を誤る」ということばに触れながら、ここで良寛は「身を誤る」というきびしい自己否定そのものを踏まえながら「総て風光の為に」という詩人の自覚に達したと説くんだけれども、この考えは本当におもしろい。

そしてこの「総て風光の為に」も、けっして安定した立場に立って「風光」に身を委ねているということでもないんですね。その点、上田さんが、良寛のある長歌について語っていることはまことに示唆的です。

良寛は里に出て子供たちと手まりをつく。それを「…ひふみよいむな（一、二、三、四、五、六、七）汝《な》がつけば、あはうたひ　あがつけば　汝はうたふ　つきて歌ひて霞たつ永き春を暮しつるかも」と詠むんですよ。いかにも良寛らしい歌ですが、上田さんはそれを、最晩年の作とされる「つきて見よひふみよいむなやここのとをと納めてまたはじまるを」という歌と結びつけている。

ひい、ふう、みい、と続いていって「とお」までくると、また「ひい」から始まるのですね。この限りない繰り返し、限りない循環のなかに人びとは生きているんですよ。大地にしっかり足を踏みしめながら生きるということと、その大地がこのように限りなく循環するものであることとが融け合っている。春の日にまりをつくというささやかで日常的な遊びと、宇宙的と言いたいような壮大なヴィジョンが融け合っているんです。

それればかりじゃない。上田さんは良寛の、

「淡雪の中にたちたる三千大千世界《みちあふち》またその中に沫雪ぞ降る」

という歌を引きながら、もうひとつの壮麗なヴィジョンを引き出しています。

「みちあふち」とは三千の「大千世界」ということですが、良寛のまわりに降る雪の一粒一粒のなかにその「三千大千世界」がおさまっているのが見え、そのなかにも雪が降っているのが見えると言うんですね。われわれが住む「小世界」が千集まって「中千世界」をなし、この「中千世界」が千集まって「大千世界」をなすということだから、「三千大千世界」とは十億という計算になる。しかも、そのひとつひとつのなかに降る雪の一粒一粒にも三千の「大千世界」がおさまっているわけだから、これはなんとも途方もないヴィジョンと言うほかありませんね。当然、良寛が住むこの小世界も、その三千の大千世界に降る雪の一粒一粒におさまっているというふうに、極小から極大へ、極大から極小へとこの連関は限りなく続くんです。

日常のなかでの手まり遊びが、あの永劫回帰的な時間のヴィジョンにつながっていたように、ここでは現に眼前に降る雪が、限りない運動をはらんだ、上田さんのことばを借りればマンダラ的な空間のヴィジョンとつながっているんですよ。上田さんの言う心と身体の共存という考えは、このような良寛の生き方、考え方のなかで、徹底的に問いつめられているんじゃないでしょうか。

次いで上田さんは明恵上人を論じていますが、西行が地上一寸に生き、良寛が地上に足を踏みしめて生きたのに対して、地上一尺に生きたと言うんですね。明恵は、洛西栂尾の庵室に住み、松の木の、根もとから枝が二つにわかれたところで坐禅を組むのを常としたという話です。寄ってくる小鳥たちに語りかけながらね。上田さんが地上一尺と言うのはこのこととかかわりがあるのでしょうが、もちろんそれだけじゃない。この位置そのものが、明恵の生き方、考え方を象徴すると上田さんは考えるんです。地上一尺に生きるとは、現世を拒むということじゃない。現世を拒んで後世を念ずるということじゃない。地上一尺で生きることで彼は現世とかかわる。そこで自分を透明にすることで、明恵は、現にある現実をあるべき現実の浄福へ高め、そこへ吸収しようとした、というのが上田さんの明恵観です。

このような明恵観は、そのまま上田さんの道元観に通じているんですね。道元に、有名な「透体脱落」という観念がある。「透体」とは身体が透き通ること、蚕がだんだん透き通ってくるように透明になって、心身が脱落してゆくんです。道元は、地上一寸を生きるわけではなく、地上一尺を生きるわけでもない。良寛と同様、一個の身体として地上に生きるのですが、それは良寛の自在ともまたちがっています。坐禅によってただひたすら透明になってゆく。そのとき心身は脱落して、その空《くう》と化した我のなかに山水が映るのですよ。心と身体とがひとつになるばかりでなく、自然と自己もひとつになるんですね。かくして、世界はすべて「仏性《ぶつしょう》」、つまり仏という性格をもつことになるんです。あらゆるものがそこに入り込み、矛盾は矛盾のままで生かされるのですが、この「透体脱落」によって、すべてはそのままで浄土になるのですよ。

西行、良寛、明恵、道元などについての上田さんのこのような考えを辿ってゆくと、そこで上田さんが、これらの人びとを、単に批評的に論じているだけじゃないことがわかります。先ほども申し上げましたように、上田さんは対象を一方的に自分に引き寄せるということはしない。それどころか実に虚心に対象のなかに入り込んでゆくのですが、そういう歩みが、生と死のかかわりについての、心と身体のかかわりについての、観念と現実のかかわりについての上田さんの考えを、おのずから浮かび上がらせるのですよ。それは驚くべき集中力につらぬかれていながらまことに自然であり、さまざまに入り組んでいながらけっして抽象的に堕することはなく、いかにも豊かでのびやかなんですよ。かくして、上田さんが論じたこの四人の人物の——兼好も加えて五人と言ってもいいんですが——これらの人物それぞれ微妙に異なるものと、深く相通ずるものとが、そのまま上田さんの精神の複雑で生き生きした表情を形作っているように思われます。

というわけで、この上田さんという人は、観念に対する実に鋭敏な嗅覚をそなえていながら、けっして観念家になることはないんですね。上田さんには、どのような観念に対しても、それがひとつの身体をもって現実に生きている姿を見定めずにはおかぬといったところがある。上田さんが、短歌や批評のほかに、小説を試みているのは、上田さんのこのような資質のあらわれではないか、と私は思っています。小説という表現形式は、まさしく、それぞれの観念をもった人間が、ひとつの身体として現実に生きる姿を描くものですからね。つまり上田さんは、先にあげたあの四人ないし五人の人物を論ずることによって、ご自分の精神の構造の純粋な核のごときものを見定めようとしたわけだけれども、一方で、小説によって、現に生きている人びとのなかに、死と生とか、心と身体とかいう主題の具体的なあらわれを見てとろうとしたんじゃないでしょうか。そしてそれは、上田さんにとって、現にひとつの身体として生きている自分自身の姿を確かめることになった。そんなふうに私は思うのですよ。

私は上田さんの小説も好きで、よく読んでいますが、それはたいていは私小説と言っていいようなものです。自在に想像力を駆使したフィクションといったものじゃない。当然そこには、実世界において上田さんをとらえたさまざまな思考や感情が、たとえばあの「後ろめたさ」といったものが、濃密な影を落としています。もちろん、たとえば「後ろめたさ」という主題からだって壮大なフィクションがあみあげられぬわけじゃない。だけど上田さんは、小説においてはそういう道を辿ることはなかった。上田さんにとって重要なのは、何よりもまず、自分自身を小説という場に置いて眺めることで、そのときどきのご自分の体験や思考の質と構造と表情とを確かめることだったように思われるんです。このことが上田さんの小説を、小説としてはどこか痩せたものにしていることは否定しがたいんですが、その分だけ痛切さを増しているとも言えますね。

たとえば『惜身命』という小説があります。そのなかに、京都のある短歌の結社の中心的存在で、語り手の師匠筋にあたる老歌人が、年若い女性と結婚するという話が出てくる。その出来事を通して、語り手は、見たところ実に穏やかでふだんは批評めいたことも口にしないその老歌人のなかに、歌と結びつこうとする実に激しい燃えあがるような情念があることに気がつくんですよ。そのことに、上田さん自身と思われる語り手は強いショックを受ける。この人にくらべれば、自分は歌に対しても、歌人というものに対しても、もっとあいまいな、中途半端な対し方をしてきたのではないか、かつて医師としてそうだったように歌人としてもそうなのではないか、と思うのですよ。ここにあるのは、上田さんの中心にあるあの「後ろめたさ」という主題です。

もうひとつこういう作品もあります。ずっとあとの『祝婚』という小説集のなかにある『詩人』という作品です。ここで二十七、八でなくなった尼崎安四という無名の詩人が描かれているんですが、上田さんはこの詩人が、上田さんがなろうとしてならなかった、あるいはなれなかった存在を体現していると言うんです。この詩人は、詩というこの世においてまったく無用の存在に、おのれの心を、おのれの存在のいっさいを注ぎ、それが強いるあらゆる苦難、あらゆる不幸を引き受けたと言うべき人物なのです。これが上田さんにとっては、詩人というものの究極のヴィジョンなんですね。そしてここでも、上田さんは、あの「後ろめたさ」とともに自分はそうじゃないと考えるんですよ。

もちろん、上田さんの小説はこういったものばかりじゃない、独特のエロスのしみとおったもの、もっとおだやかな諦念に支えられたもの、一種の明るさがさし出ているようなものもある。だがそういう場合でも、病いや、死や、「後ろめたさ」などによるある暗い低音のごときものが鳴っており、それが、上田さんがそこから出発しそこに戻る場となっているような気がします。もちろんこの暗い低音が上田さんのいっさいを蔽っているわけじゃないんですよ。それどころか、それが短歌、批評、小説の各分野にわたって、強い凝集力をそなえながらまことに多様な表現を可能にしているんです。

こういったことを、この数ヶ月、上田さんの本を読み返しながら、しきりと考えておりました。この会場に来る途中も、上田さんの面影を思い浮かべながら、こういう考えを追っておりました。改めて上田さんのあのやさしいほほえみや、おだやかで静かな口調や、ある沈鬱さのしみとおったまなざしが、まざまざと感じられるのですよ。

あとがき

これまで講演はずいぶんしてきたが、まだ一度も本にまとめたことはない。熱心にすすめられたことも何度かあったが、そのたびに頑固に断わった。理由は簡単であって、私には、おしゃべりは文章とは思われなかったからである。文章の場合ならば、長い時間をかけて、あるいは削り、あるいは書き加え、あるいは大幅に書き改めることによって、ある主題についての自分の思考の純度と徹底を目指すことができる。それによってことばを磨きあげることができる。だが、講演の場合は、聴衆という相手がいることだから、壇上でいつまでも黙って考え込んでいるわけにはゆかぬ。ついあいまいなことばづかいをしてしまっても、何度も言い直しているわけにはゆかぬ。思考を深めることなく、ことばだけが流れてゆくことになりかねないのであって、それが私にはどうにも気にくわなかったのである。

それならば、講演などきれいさっぱり断念してしまえばいいようなものだ。それがそうならなかったのは、語りかける相手としての聴衆の存在のせいである。聴衆とは、ただそこに坐って話をきいているだけの、不特定の抽象的なマッスではない。その度ごとに異なった反応を示し、微妙に表情を変える生きた存在である。こういう存在に対しては、語り手である私の方も、刻々に新たに反応しなければならぬ。かくして語り手と聴き手とのあいだにある人間的な関係が生まれるのである。この関係のなかで、私の奥深いところに潜んでいたものが生き生きと身を起こしてくることがある。私の思考に思いもかけぬ飛躍が生ずることもある。もちろん、おしゃべりのあいまいと不徹底に対する私の苦い意識が消えたわけではないが、そういうことを踏まえても、これはこれで存在理由があるのではないかという気がしてきた。未來社の西谷能英氏にすすめられるがままにこういうかたちでまとめることになったのはそのためである。まとめるに当たっては、紙数の関係で、文学を主題とした講演に限ることにした。

出版に際しては、西谷能英氏、和久津寛英氏に万端にわたってお世話になった。
装幀は菊地信義氏の手をわずらわせた。
皆さん、どうもありがとう。

二〇〇九年十月

栗津則雄

●講演記録、初出一覧

正岡子規——子規句集をめぐって 一九八二年 NHKラジオ（ラジオ深夜便）で放送（一九九九年九月、再放送）

島崎藤村の文学 一九九五年九月三十日 島崎藤村学会全国大会（岩手県一関文化センター）記念講演 「島崎藤村研究」二四号（一九九六年九月）

高村光太郎 高村光太郎記念館講演

富永太郎——二十四年の生涯 一九九八年十月十九日 ホテル仙台プラザにて講演 「仙台文学館ブックレット」Vol. 2（一九九九年三月）に掲載

中原中也雑感 一九九八年九月二十日 中原中也の会 第三回大会

立原道造 二〇〇四年三月二十七日 風信子忌講演 「立原道造記念館」三二号（二〇〇四年十二月）

立原道造『萱草《わすれぐさ》に寄す』 NHKラジオセミナー 「立原道造記念館」四九号（二〇〇九年三月）に掲載

草野心平の人と作品 一九九八年八月二日 いわき市立草野心平記念文学館開館記念講演 「いわき市立草野心平記念文学館」創刊号（一九九八年九月）

高見順『死の淵より』 一九九三年十月 神奈川近代文学館講座「文学の風景」講演 「樹木」一二号（一九九四年三月）

上田三四二——「死」という主題の深刻化 一九九九年五月十五日 第一〇回上田三四二賞発表会（兵庫県小野市民会館大ホール）記念講演 「短歌研究」二〇〇〇年四、五、六月号

●著者略歴

栗津則雄（あわづのりお）

一九二七年、愛知県に生まれる。一九五二年、東京大学仏文科卒。学習院大学、明治大学、東京大学、法政大学などで教える。現在、法政大学名誉教授。いわき市立草野心平記念文学館館長。フランス文学に関する翻訳、評論のほか、内外の文学、絵画、音楽について数多くの評論を書く。

主なる著書。『ルドン』（六六年、のち八四年に増補新版、美術出版社）、『詩の空間』『詩人たち』（六九年、ともに思潮社、藤村記念歴程賞）。『少年ランボオ』（七七年、思潮社）、『小林秀雄論』（八一年、中央公論社）、『正岡子規』（八二年、朝日新聞社、亀井勝一郎賞）、『眼とかたち』（八八年、未來社）、『ダンテ 地獄篇精読』（八八年、筑摩書房）、『聖性の絵画』（八九年、日本文芸社）、『幻視と造形』（九一年、未來社）、『自画像は語る』（九三年、新潮社）、『精神の対位法』（九四年、日本文芸社）、『日本美術の光と影』（九八年、生活の友社）、『日本人のことば』（二〇〇七年、集英社）、『栗津則雄著作集』（全七巻、二〇〇六〜〇九年、思潮社）他。

主なる訳書。『ランボオ全詩』（八八年、思潮社）、ヴァレリー『テスト氏』（九〇年、福武書店）、ブランショ『来るべき書物』（八九年、筑摩書房）、アルトー『ヴァン・ゴッホ』（九七年、筑摩書房）他。

ことばと精神――粟津則雄講演集

発行――二〇〇九年十一月十日　初版第一刷発行
定価――本体二四〇〇円＋税
著　者――粟津則雄
発行者――西谷能英
発行所――株式会社　未來社
東京都文京区小石川三―七―二
電話　〇三―三八一四―五五二一
http://www.miraisha.co.jp/
email:info@miraisha.co.jp
振替〇〇一七〇―三―八七三八五
印刷・製本――萩原印刷
ISBN978-4-624-60102-7 C0092

（消費税別）

栗津則雄著
幻視と造形
ルドン、ゴッホ、セザンヌ、ピカソなど、近代以降のヨーロッパ美術の展開のなかで、幻視と造形の矛盾する志向を乗りこえていった芸術家たちの表現の劇。美的近代へのレクイエム。三八〇〇円

栗津則雄著
眼とかたち
みずからの精神形成のうえで強い印象を与えられた美術史上の傑作、名作をたどりながら美術と自己との交渉を語る。西洋近代絵画にはじまり古今東西の美術作品を広く渉猟する。二五〇〇円

安東次男著／栗津則雄解説
澱河歌の周辺
既存の蕪村解釈を覆し再評価の火を点した与謝蕪村論をはじめ、仏文学者として見せたユニークな切り口のランボー論、ボードレール論など、安東次男の多岐にわたる論考を収録。二八〇〇円

平野謙・小田切秀雄・山本健吉編
〔新版〕現代日本文学論争史　上・中・下
大正末期から戦前までの二十余年の間に交わされた激論、全二十五論争を三巻に収録。半世紀前のロングセラーを復刊、文壇が熱かった時代がここに甦る。上／六八〇〇円　中・下／五八〇〇円

西郷信綱著
〔増補〕詩の発生〔新装版〕
日本文学における「詩の発生」を体系的に論じた名著。他に言霊論・古代王権の神話と祭式・柿本人麿・万葉から新古今へ。あいまいにされがちな「詩」の領域を鋭い理論で展開。三五〇〇円

西郷信綱著
日本詞華集
記紀、万葉の古代から近現代に至る秀作を収録。各分野で第一線を走った編者三名の独自の斬新な詩史観が織りなす傑作アンソロジー。西郷信綱氏の復刊への「あとがき」を収録。六八〇〇円